KB095066

십이천문
十二天門

십이천문 4

허담 新무협 판타지 소설

초판 1쇄 찍은 날 § 2019년 1월 21일
초판 1쇄 펴낸 날 § 2019년 1월 28일

지은이 § 허담
펴낸이 § 서경석

총괄팀장 § 최하나
편집책임 § 김경민

펴낸곳 § 도서출판 청어람
등록번호 § 제387-1999-000006호
등록일자 § 1999. 5. 31
어람번호 § 제2-2768호

주소 § 경기도 부천시 부일로 483번길 40 서경B/D 3F (우) 14640
전화 § 032-656-4452 팩스 § 032-656-4453
http://www.chungeoram.com
E-mail § chungeorambook@daum.net

ISBN 979-11-04-91925-1 04810
ISBN 979-11-04-91872-8 (세트)

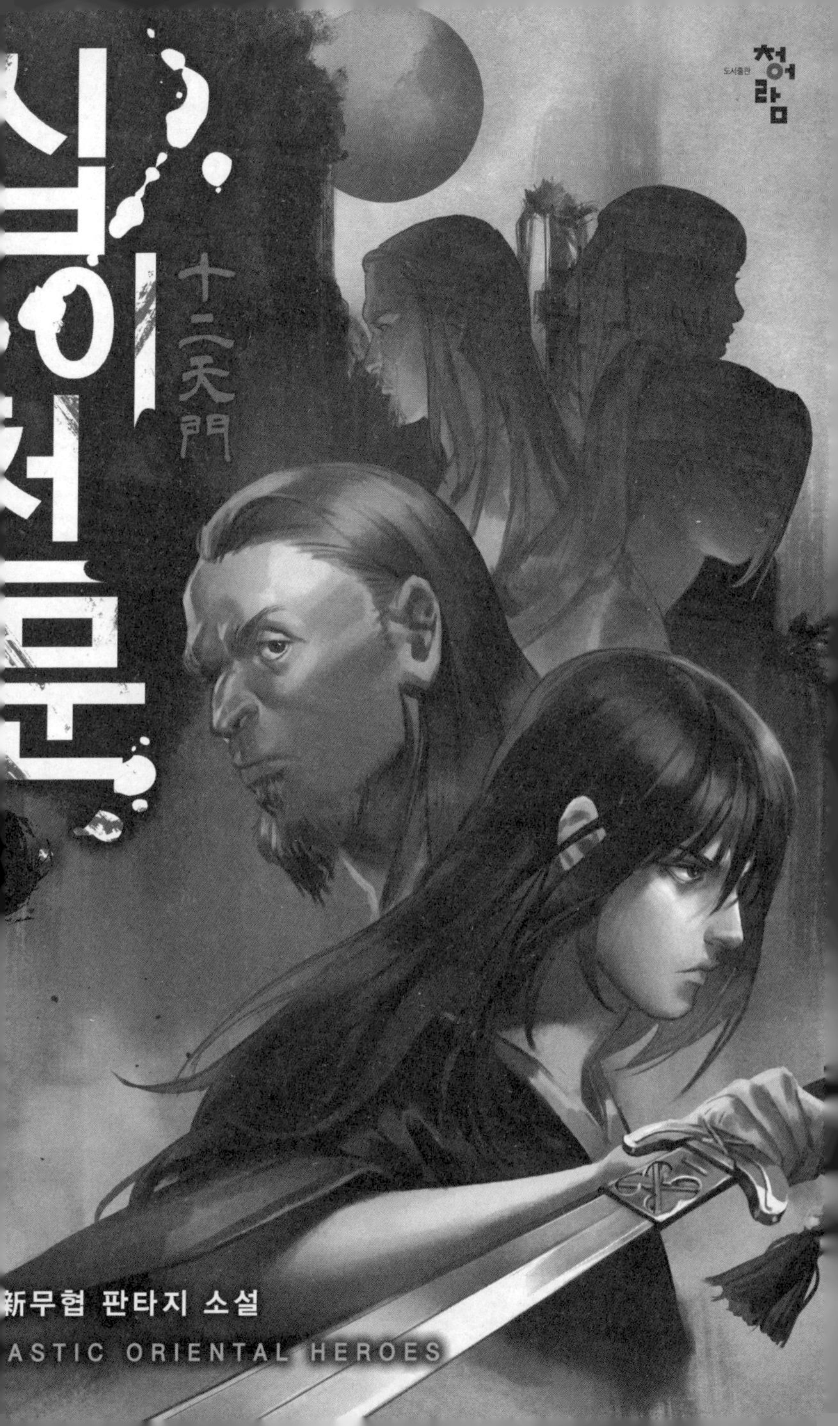
십이천문
十二天門
도서출판 청어람
新무협 판타지 소설
ASTIC ORIENTAL HEROES

십이천문

십이천문 十二天門

目次

제1장
이유를 알고 싶은 여인들

아주 긴 여행이었다.

아이들은 자신들이 어디로 가는지 알지 못했다. 마차의 창문은 모두 가려져 있었고, 그나마도 주로 밤을 이용해 이동했다.

그래도 아이들이 불안해하지 않았던 것은 늘 자신들의 곁을 지켜주던 마누 아저씨가 함께 있었기 때문이다.

마누 아저씨는 검(劍)을 아주 잘 쓰는 무사라서, 언젠가 어른들 몰래 담장을 넘어 산속으로 놀러 나갔던 아이들이 커다란 곰에게 공격을 당했을 때 바람처럼 나타나 일검에 곰을 즉사시키고 아이들을 구한 용감한 아저씨였다.

그래서 아이들은 마누 아저씨가 같이 있는 한 어떤 상황도 무섭거나 두렵지 않았다. 다만 어둠 속의 긴 여행이 지루할 뿐이었고, 부모님이 보고 싶었을 뿐이다.

여행은 수십 번 해가 뜨고 질 때까지 이어졌다.

그러던 어느 날 아이들은 본능적으로 깨달았다. 이 마차 여행이 사실은 여행이 아니라 도주라는 것을. 누군가 자신들을 쫓고 있고 마누 아저씨는 자신들을 지키기 위해 필사적으로 도주하고 있다는 것을 알게 된 것이다.

그날부터 흥미로운 여행은 끝이 났다. 대신 보이지 않는 적에게 끊임없이 목숨을 위협당하는 위험한 도주가 시작됐다.

마차의 창은 더 이상 가려져 있지 않았고, 마누 아저씨는 낮에도 마차를 몰았다.

위태로운 절곡 사이로 난 산길을 달리는 마차는 위태롭기 그지없었으나 어린 나이에도 불구하고 자신들의 목숨을 노리는 자들이 있다는 사실을 알게 된 아이들은 불평 한마디 하지 않았다.

그렇게 여행이 아닌 도주의 길이란 걸 알게 된 지 오 일 후, 아이들은 또다시 충격적인 경험을 하게 되었다.

자신들을 쫓고 있는 자들이 멀게만 느껴졌던 아버지의 곁을 지키는 무사들이란 사실을 알게 되었던 것이다. 하늘에서 내려온 신장 같은 그들이 왜 갑자기 자신들을 죽이려 하는지 아이들은 도저히 이해할 수 없었다.

그리고 그 이유에 대해선 마누 아저씨도 설명해 주지 않았다.

그리고 그날 또 다른 충격이 두 아이를 공포에 빠뜨렸다.

언제나 태산 같은 품으로 자신들을 지켜주던 마누 아저씨가 갑자기 자신들을 손가락 하나 움직이지 못하게 만들었던 것이다. 목소리조차도 나오지 않았다.

설마 마누 아저씨까지 자신들을 죽이려나 보다 하는 공포심에 벌벌 몸을 떠는 아이들에게 마누 아저씨가 말했다.

  "두 분 아기씨, 이 마누는 여기서 작별 인사를 드려야겠습니다. 마지막으로 두 분 아기씨께서 앞으로 반드시 지켜야 할 약속을 말씀드리겠습니다. 오늘부터 두 분 아기씨는 과거의 기억을 모두 잊어야 합니다. 강제로라도 말입니다. 궁금해하지도 말고 살던 곳에 대해 궁금해하지도 마십시오. 누구에게라도 두 분 아기씨의 본래 이름을 말하는 순간 두 분 아기씨의 목숨을 노리는 사람들이 마귀처럼 나타날 겁니다. 그러니… 절대, 과거를 기억하지 마세요. 그것만이 아기씨들께서 무사히 살아남을 수 있는 유일한 방법입니다."

  마누 아저씨의 말에 두 여자아이들은 신음 소리로 되물었다.

  왜요? 왜 집으로 가면 안 되는데요? 어머니는? 아버지는요?

  그러나 아이들의 질문은 마누 아저씨에게 들리지 않았다. 그리고 그날 마누 아저씨는 아이들에게 작별을 고했다.

  "이제 전 가야 합니다. 아기씨들과의 인연은… 참으로 행운이었습니다. 아기씨들과 지낸 지난 오 년의 시간이 지나온 나의 모든 삶과 살아가야 할 수많은 시간보다 더 행복한 시간이었을 겁니다. 하지만… 가야 할 때는 가야 하는 것이 사람의 인생이지요. 이제 아기씨들과 헤어져야 할 때입니다. 이곳에서 조금만 기다리세요. 밤이 되면 아기씨들을 데리러 올 사람이 있을 겁니다. 그 사람은 믿을 만해요. 그 사람의 말만 잘 듣는다면 아기씨들의 목숨은 안전할 겁니다. 그럼… 부디 꼭……."

마지막에는 그토록 강인하던 마누 아저씨도 눈물을 흘렸다고 기억된다.

그리고 마누 아저씨는 빈 마차를 몰고 산과 산 사이로 이어지는 길을 따라 사라졌다.

두 아이들은 그렇게 움직이지도 말도 하지 못하는 상태로 위태로운 산 중턱 작은 동굴에 남겨졌다.

그리고 어둠이 찾아오고 달빛이 동굴 입구를 비출 때, 한 여인이 아이들을 찾아왔다.

*   *   *

"그분이 전대(前代) 북화문주셨어요."

화명이 우울한 표정으로 말했다.

"마누란 사람과 친분이 있었나 보군요?"

표면적으로 두 사람의 이야기에 큰 흥미를 보이는 사람은 공예밖에 없었다. 적월과 다른 사람들은 이제 막 북화문의 일이 끝난 상태에서 또 다른 청부 일을 시작하고 싶어 하지는 않았다.

그래서 하루 동안 자신들을 따라온 화명과 수월의 우울한 과거 이야기에도 그들에게 별로 관심을 보이지 않는 듯했다.

본래 어떤 가문이든 반역이 일어나면 기존 권력자들의 자녀들은 죽음을 당하게 마련이었다. 일핏 들어봐도 한 가문의 권력 다툼과 관련된 일인 듯한 화명과 수월의 과거는 그래서 강호에 선 특별한 이야기가 아니었다.

한편으로는 두 사람이 살아 있으니 그나마 행운이라고 말할 수도 있었다. 더군다나 십이천문의 사람들 중 어린 시절 두 여인들만큼의 고난을 겪지 않은 사람들이 없었다.

그리고 십이천문은 청부 살인은 하지 않으므로 두 여인의 원한을 갚는 일에 뛰어들 생각도 없었다.

하지만 공예는 달랐다. 공예는 자신의 은원을 해결한 지 얼마되지 않아서 화명과 수월의 이야기가 남의 일처럼 생각되지 않는 모양이었다.

"글쎄, 두 분이 어떤 관계였는지는 우리도 잘 모르겠어."

화명과 수월 두 여고수의 나이가 삼십 전후, 그래서 그녀들은 대화가 이어지면서 공예에게는 자연스럽게 하대를 했다.

"전대 북화문주께서 말해주지 않으셨어요?"

"음… 우리 두 사람과 전대 북화문주님은 조금 특별한 관계였어. 그분이 우릴 거두기는 했지만 우리와 그분의 관계는 주종도 아니고 스승과 제자의 관계도 아니었지. 굳이 설명하자면 계약을 맺은 사이랄까."

"어린 여자아이들과 계약을 맺었단 말이오?"

두 여인의 과거사는 별 관심이 없었지만 전대 북화문주와의 관계는 자왕 사송에게 흥미를 끈 모양이었다.

"그렇습니다, 대협."

화명이 대답했다.

"허어! 이상한 일이군. 북화문주씩이나 되는 사람이 어린아이들과 거래를 하고 목숨을 구해주다니. 그렇게 매정한 사람이었나?"

"전대 북화문주는 세상에 그 정체가 제대로 알려진 것이 없는 사람이지요."

유왕 서리가 말했다.

"그렇긴 하지. 그녀를 보았다는 사람도 거의 없으니까. 그런데 그래, 어린 두 분과 전대 북화문주가 무슨 거래를 했소?"

자왕이 화명과 수월에게 물었다.

그러자 화명이 대답했다.

"전대 문주께서는 세 가지 조건을 지킨다면 저희들의 목숨을 살려주고 또한 스스로 한 몸 지킬 무공을 가르쳐 주시겠다고 했지요. 당시 저희들로서는 그 제안을 거절할 수 없었어요. 거절을 했다가는 다른 사람이 아닌 전대 문주께서 우릴 죽일 수도 있다는 공포심에 빠져 있었으니까요. 물론 나중에야 절대 그럴 분이 아니란 걸 알게 되었지만……."

"세 가지 조건이 뭐예요?"

다시 공예가 물었다.

"첫째, 과거를 모두 잊을 것, 우리의 이름과 나이조차도. 부모님과 마누 아저씨에 대한 기억은 당연히."

"에이, 사람 기억이 그렇게 마음대로 없어지나요?"

공예가 고개를 저으며 말했다.

"물론 그렇지. 하지만 적어도 잊은 듯 살아갈 수는 있어. 그리고 그렇게 수십 년을 살다 보면… 이상하지? 정말 머릿속에서 과거의 기억들이 사라지더란다."

"정말요? 부모님도 기억 못 해요?"

공예가 신기하다는 듯 물었다.

"어렴풋이 그분들의 얼굴과 옷차림… 그리고 우리가 살던 곳의 분위기 정도는 떠올라. 하지만 다른 것은 기억나지 않는구나. 정말이야. 그분들의 이름조차도… 어떻게 그럴 수 있나 싶어."

그러자 두 사람의 이야기를 듣고 있던 유왕 서리가 말했다.

"부모님의 이름을 기억하지 못하는 것은 이름을 잊어버린 것이 아니라 애초에 아이 때는 부모님의 이름을 거의 쓰지 않기 때문일 것이오. 그때가 겨우 다섯 정도라고 하지 않았소?"

서리의 말에 화명과 수월이 잠시 생각에 잠겼다가 이내 고개를 끄떡였다.

"생각해 보니 정말 그렇군요. 그러고 보니 단편적으로 생각나는 기억 속에서 부모님의 이름을 말한 적이 없는 것 같아요. 그래서 그랬던가?"

화명이 수월에게 물었다.

"그럴 가능성이 크지."

수월이 우울한 표정으로 고개를 끄떡였다.

그러나 공예가 다시 물었다.

"두 번째 조건은 뭐였어요?"

"전대 문주님의 두 번째 조건은 어떤 고통이 따르더라도 당신께서 전수하는 무공을 수련해야 한다는 것이었다. 그것 역시 우린 거절할 용기가 없었지. 그렇게 우리가 수련한 무공은 살수들의 무공이었던 거란다. 살수의 무공이란… 무척 고통이 따르는 수련이 필요하지."

그러자 다시 사송이 물었다.

"전대 북화문주가 살수의 무공을 알고 있었소?"

"그렇지는 않아요. 우리가 수련한 살공은 전대 문주께서 전해 준 것이지만 그분의 무공은 아니라고 하더군요."

"자신의 무공이 아닌 무공을 전수했다라… 특이하군."

사송이 고개를 갸웃했다.

그러자 화명이 말했다.

"아마도 그 이유는 세 번째 조건과 연관이 있을 것 같아요."

"그래 세 번째 조건은 뭐요?"

사송이 물었다.

"세 번째 조건은 서른 살이 될 때까지는 철저하게 어둠 속에서 살아야 한다는 것이었죠."

"그게 무슨……?"

사송이 선뜻 이해가 되지 않는다는 표정으로 되물었다.

"살수의 무공을 수련하고, 그 수련이 끝나면 북화문의 보이지 않는 칼로서 살아야 한다는 뜻이에요. 정확히 우리 나이 서른이 될 때까지. 지난번 보름, 그러니까 음양교 무리들과 싸운 날이 우리의 서른 번째 생일이었어요."

화명이 말했다.

그러자 사송이 나직하게 탄식했다.

"그건… 정말 가혹한 조건이구려. 서른 살이면 젊음을 즐겨야 할 시기를 모두 포기해야 한다는 것인데, 그 시절을 어둠 속에서 북화문의 살검으로 살아야 하는 운명이라니. 전대 북화문주는 생각보다 잔인한 면이 있는 사람이었구려."

사송이 화가 난 표정으로 말했다.

어린아이들의 생명을 걸고 서른 살의 금제를 가한 것은 사람을 사고파는 흑도의 무리들이나 하는 행동이었다.

천대받는 기녀들의 보호자를 자처하는 북화문의 문주로서는 도저히 할 수 없는 행동이었던 것이다.

그리고 보면 북화문주는 애초부터 이 두 여인을 북화문의 살수로 키울 목적이 있었을 수도 있었다. 그렇다면, 어쩌면 이건 계획적인 납치일 수도 있었다.

간혹 강호의 문파 중 이런 식으로 어린아이들을 납치해 그 정신을 통제하고 자파의 은밀한 살객으로 키우는 경우가 있기도 했다.

그런 의심이 들자 사송은 묻지 않을 수 없었다.

"혹시, 당신들에게 일어난 일이 모두 북화문주가 계획한 일이라고는 생각하지 않았소?"

그러자 화명이 고개를 저으며 대답했다.

"아뇨. 그건 아닌 것이 분명해요."

"상황은 충분히 의심할 만하지 않소?"

사송이 다시 물었다.

"만약 그랬다면 전대 문주께서는 서른까지가 아니라 평생 동안 우릴 북화문에 잡아두려 하셨겠지요. 그리고… 사실은 전대 문주께서 돌아가실 때 하신 유언이 있어요."

"오! 당신들에게 일어난 일의 진실을 말해주었소?"

사송이 물었다.

"그건 아니에요. 다만 전대 문주께선 자신이 죽고 우리 나이 서른이 넘어 북화문을 떠나더라도 절대 우리의 과거를 찾으려하지 말라고 당부하셨어요. 당신께서 우릴 어둠 속에서 살게 한것은 북화문의 살수로 살게 하려는 것보다 우릴 보호하기 위한것이었다고 하셨지요. 우리가 살아 있는 것이 알려지면 반드시우릴 죽이려는 자들이 찾아올 것이라고 하시면서요."

"음… 여전히 위험이 끝나지 않았다? 서른 살이 지났는데도말이오?"

사송이 질린 표정으로 물었다.

"아마도 그럴 거라고 하시더군요. 살수의 무공을 수련케 한 것도 만약의 경우 우리 스스로 목숨을 지킬 수 있는 방책을 마련해 주려 했던 것이라고 하셨고요. 어둠 속에서 살아가기에는 다른 어떤 무공보다 살수의 무공이 필요할 거라고 하시면서……."

"허어, 참 별스러운 일이로세."

전대 북화문주의 행동이 이해가 가지 않는다는 듯 사송이 탄성을 흘렸다.

그러자 지금까지 침묵을 지키고 있던 불사 나왕이 퉁명스러운 목소리로 물었다.

"그런 유언을 들었다면 그 양반 뜻대로 과거를 잊고 살아갈일이지, 군이 당신들의 과거를 찾으려 해야겠소?"

그러자 역시 지금까지 화명에게 모든 것을 맡기고 침묵을 지키고 있던 수월이 나왕에게 물었다.

"만약 대협께 이런 일이 일어났다면, 대협께선 모든 것을 묻어두고 평생 어둠 속에서 살아가실 수 있나요?"

당돌한 질문이다.

본래 여인을 대하는 데 익숙지 못한 나왕이 뻘쭘한 표정이 되어 대답을 하지 못했다. 사실 그의 성격으로 봤을 때 자신에게 이런 일이 일어났다면 절대 그 긴 시간의 약속조차도 지키지 못했을 것이다.

"허험… 뭐, 자기 인생 자기가 알아서 하는 것이긴 하지."

나왕이 강호에 알려진 그의 명성과 다르게 당황한 듯 말을 얼버무렸다. 그러자 어색한 분위기를 지우려는 듯 적월이 물었다.

"그런데 어디로 가야 할지는 알고 계십니까? 혹, 떠나오신 문파의 이름이라든가……."

그러자 수월 대신 화명이 얼른 대답했다.

"아뇨. 솔직히 말하자면 우리가 자란 곳이 무림의 문파인지도 모르겠어요. 다만 마누 아저씨 같은 사람이 있던 것으로 봐선 무림의 문파가 아닐까 짐작하는 거죠. 우릴 추격했던 가문의 무사들도 있고……."

"위치도 모르시겠지요?"

"그 역시… 마차의 창문을 가리고 이동한 게 근 보름여… 이후에도 여러 날을 도주했고, 다시 개봉의 북화문까지 왔으니까 우리가 살았던 곳을 기억하기가 힘들군요. 사실은 그래서 십이천문에 청부를 하려는 것입니다. 우리에게 일어난 일을 알아내는 것보다 우리의 본 가가 어디에 있는 어떤 곳인지 알고 싶어서 말이죠."

그제야 십이천문의 고수들은 이 두 여인이 자신들을 따라온 이유를 정확히 이해했다.

살인 청부는 받지 않는 십이천문에 두 여인이 청부하려는 것이 뭘까 내심 궁금했던 일행이었다.

"하지만 위치도 모르고 가문의 이름도 모르는데, 우리라고 무슨 수로 두 사람의 본 가를 찾을 수 있겠소. 내 생각에는 말이오. 차라리 북화문의 문주에게 가서 물어보시구려. 그녀라면 전대 문주로부터 들은 말이 있을 것이오."

사송이 침착하게 말했다.

그러자 화명이 고개를 저었다.

"이미 물어봤지요. 하지만 문주께선 자신도 전대 문주께 들은 말이 없다고 하더군요. 다만 우리 나이가 서른이 되면 우릴 떠나보내도 좋다는 유언만 들었다고 해요."

"거참, 이상한 사람이군. 아무리 그래도 두 사람의 본 가에 대한 언질을 해주고 죽었어야지. 쯔쯔……."

사송이 불만스러운 표정으로 혀를 찼다.

"아마도 그건 북화문의 안위와 연관이 있지 않나 싶어요. 현 문주께 남기신 유언 중에는 우리 두 사람이 북화문을 떠나게 된다면 꼭 다짐을 받으라고 하셨다더군요. 우리가 북화문의 도움으로 살아남았다는 사실을 그 누구에게도 말하지 말라는 다짐 말이에요. 그건 곧 우리의 뿌리를 찾는 일이 북화문에도 위협이 될 수 있다는 뜻이겠지요."

"그런데 지금 두 분은 그 이야기를 우리에게 하고 있지 않소. 결국 북화문주와의 약속을 어긴 거요?"

사송이 묻자 화명이 고개를 저었다.

"그건 아니에요. 떠나기 전 십이천문에는 우리의 과거를 말해도 된다는 문주님의 허락을 받았어요."

"허어, 북화문주가 뭘 믿고 우리에겐 이야기해도 좋다고 한 걸까?"

사송이 의아한 표정으로 중얼거렸다.

그러자 화명이 대답했다.

"북화문주께서는 이미 십이천문과 북화문은 뗄 수 없는 깊은 인연을 맺었다고, 그래서 북화문의 일을 십이천문이 안다고 해서 특별히 더 위험할 것은 없다고 하시더군요."

"이거 참, 마치 한 식구라도 된 듯 말하는군. 부담스럽게……."

사실 음양교를 함께 상대하면서 두 문파가 밀접한 인연을 맺은 것은 맞지만 그렇다고 한 식구가 된 것은 아니었다. 그러니 북화문주의 태도는 십이천문의 입장에서는 부담스러운 것이었다.

"내 생각에 북화문주는 우리가 반드시 이 두 분의 청부를 받아들일 거라고 생각한 듯해요. 청부를 수행하려면 어차피 과거의 일을 모두 알아야 하니까 그리 말한 것이겠지요."

유왕 서리가 말했다.

"그녀가 어떻게 알아? 우리가 이 청부를 맡을지 아닐지?"

사송이 물었다.

그러자 화명이 대신 대답했다.

"문주께서 이 문양을 보여 드리면 십이천문이 반드시 도와줄 거라고……."

말을 하며 화명이 작은 천 쪼가리를 내놓았다.

"이게 뭔데 우리가 청부를……!"

화명에게서 천 쪼가리를 건네받던 사송이 한순간 얼어붙은 듯 입을 닫았다.

갑자기 한겨울 속에 들어온 듯한 기운이 감돌았다. 차가운 냉기가 사송의 몸에서 퍼져 나갔다.

"왜요? 뭔데요?"

사송의 갑작스러운 변화에 놀란 유왕 서리가 몸이 굳은 사송에게 다가들며 물었다.

그러자 사송이 서리에게 작은 천 조각을 건넸다.

"대체 뭐기에……!"

그런데 천 조각을 건네받으며 중얼거리던 서리도 사송과 똑같은 모습으로 변했다. 그녀 역시 천 조각을 보는 순간 석상처럼 굳어졌다. 말도 없었다. 그저 뚫어져라 천 조각을 바라보고 있을 뿐이었다.

"무슨 일이오?"

이쯤 되면 불사 나왕도 물러나 있을 수만은 없었다. 일행과 조금 떨어져 있던 나왕이 홀쩍 거리를 좁히며 다가와 서리의 손에 들린 천을 보며 물었다.

"보세요."

서리가 천 조각을 건넸다.

그러자 나왕이 천 조각을 받아 이리저리 살피며 중얼거렸다.

"뭐 별것 없는 것 같은데……."

천 조각은 비단이었고, 그 위에 붉은 실로 일곱 개의 불꽃 문양이 수놓아져 있었다.

그러나 단지 그뿐, 그 천 조각을 보고 놀랄 만한 어떤 이유도 없어 보였다.

"이게 뭘 어쨌다는 거요?"

나왕이 물었다.

그러자 서리가 딱딱하게 굳은 표정으로 말했다.

"혈월야의 밤, 돌아가신 몽전 오라버님 손에 이런 문양의 옷자락이 쥐어져 있었어요. 너무 꼭 쥐고 있어서 흉수들도 몰랐던 것 같았는데, 사실 그 천 조각이 흉수들에 대한 유일한 단서였죠. 자왕 오라버니와 전 지난 세월 동안 항상 이 문양을 사용하는 사람이나 문파가 강호에 존재하는지 관심을 기울이고 있었어요. 하지만 어디서도 이 문양을 사용하는 자들은 찾지 못했지요. 그런데……."

서리의 말을 듣는 순간 나왕은 물론 적월까지도 눈을 부릅떴다. 적월이 재빨리 다가와 나왕에게서 천 조각을 받아 들었다.

그사이 정신을 차린 나왕이 서리에게 물었다.

"그런데 왜 그동안 우리에게 이 문양에 대해 이야기하지 않은 것이오?"

"사실 어쩌면 별 의미가 없는 것일 수도 있었기 때문이외다. 그저 흉수들과 싸우다 그들 중 한 명의 옷자락을 낚아챈 것일 수도 있으니까. 아무 의미 없이 말이오. 솔직히 우리 두 사람도 몇 년 전부터는 이 문양에 대해 잊고 지내던 터이기도 하고. 그래서 대협이나 소요에게 괜한 기대를 갖게 할 수도 있어서 옷자락에 대한 이야기는 하지 않았던 것인데……."

자왕 사송이 대신 대답했다.

그러자 나왕이 이번에는 두 여인을 보며 무거운 표정으로 물었다.

"당신들은 이 천 조각을 어디서 얻은 것이오? 아니, 그보다 이 문양이 십이지방의 과거 사건과 연관이 있다는 걸 어찌 알았소?"

생각보다 냉막한 나왕의 말투에 살공을 수련한 살수임에도 불구하고 화명과 수월이 두려운 빛을 보였다. 그만큼 본색을 드러낸 나왕의 기운은 압도적인 것이었다.

화명이 침착함을 찾으려는 듯 가볍게 한숨을 내어 쉰 후 나왕의 질문에 대답했다.

"이 문양이 십이지방의 과거와 연관이 있다는 것은 당연히 자왕 대협이 말씀을 하셨기 때문에 알게 된 것이죠."

"그런 일이 있었소?"

나왕이 확인하듯 자왕에게 물었다.

그러자 자왕이 어리둥절한 표정을 지으며 화명에게 되물었다.

"내가 언제 당신들에게 이 문양에 대해 물었단 말이오?"

따지듯 묻는 자왕의 질문에 화명이 고개를 저으며 대답했다.

"물론 저희에게 직접 물어보신 것은 아니지요. 단지 이 년 전쯤 야상객 사출이란 분께서 북화문 낙양루의 주루에게 이 문양에 대해 물어보신 적이 있어요."

"사출! 그 친구! 어이구야, 하여간……."

사송이 눈살을 찌푸리며 투덜댔다.

"물론 당시에 그분은 술에 취한 김에 그저 지나가는 말처럼 흘리신 말이지만, 낙양루주께서는 본래 무척 섬세하신 분이라서 야상객 정도의 고수분께서 하시는 말씀을 그냥 흘려듣지는 않지요."

"그 친구가 내 이름도 말했단 말이오? 내가 이 문양의 정체를 찾고 있다고 말이오."

"그건 아니에요."

"하면 어떻게 이 문양이 나와 관련이 있다고 생각한 것이오?"

"야상객께서는 비록 자왕 대협을 직접 언급하지는 않으셨지만 당시 얼핏 오래전에 일어난 십이지방의 혈사에 대한 단서를 찾는 듯한 말을 했다고 하더군요. 그래서 낙양루주께서는 이 문양과 십이지방 역시 연관이 있을 거라 생각하셨던 거지요."

"하아… 내 이 망할 작자의 입을 단단히 단속했어야 하는데……."

사송이 화가 난 표정으로 중얼거렸다.

그러자 유왕 서리가 사송을 타박했다.

"그러게 내가 그 사람은 너무 경솔하다고 했잖아요? 평소에는 멀쩡하다가도 입에 술만 들어가면 온갖 소리를 다 해대는 사람인데……."

"그래도 사출, 그 친구만큼 세상사에 밝은 사람이 없으니까. 그 당시에는 나도 지쳐가고 있던 중이고, 누군가의 도움이 필요한 시기였단 말이야."

사송이 변명하듯 말했다.

그런데 사송과 화명의 이야기를 듣고 있던 나왕이 여전히 냉막한 표정을 한 채 다시 화명에게 질문을 던졌다.

"북화문은 이 천 조각을 언제 어디서, 누구에게서 얻은 것이오?"

사실은 무척 중요한 문제였다.

일곱 개의 불꽃은 우연히 겹치기에는 너무 특별한 문양이었다. 그러니 이 천 조각의 본래 주인을 알게 된다면 어쩌면 혈월야에 대한 가장 중요한 실마리를 찾은 것이 된다.

나왕의 질문에 십이천문 일행의 시선이 화명에게 모인 것은, 그래서 당연한 일이었다.

그런데 화명은 나왕의 겁박과도 같은 질문을 받고도 대답을 하는 대신 침을 꿀꺽 삼킨 후 엉뚱한 질문을 던졌다.

"저희들의 청부를 받아주시겠습니까?"

이 상황에서 화명이 이런 대범한 질문을 던질 거라고는 누구도 예상치 못한 일이었다.

나왕은 물론 십이천문의 고수들은 갑작스러운 화명의 질문에 말문이 막혀 잠시 대답을 하지 못했다.

그러다가 갑자기 모두 화가 치밀어 올랐다. 십이천문의 사람들에게 가장 아프고 민감한 문제를 청부와 연결시키는 화명의 태도가 야비하게 느껴질 정도였다.

"그러니까 당신들의 청부를 받아들이지 않는다면 그 천 조각이 어떻게 손에 들어왔는지 말해주지 않겠다는 것이오?"

나왕이 차분하게 물었다.

그리고 그 순간 화명과 수월은 보이지 않은 검이 다가와 자신들의 심장을 찌르는 것 같은 느낌을 받았다.

불사 나왕의 살기는 그녀들의 예상한 것 이상이었다. 그녀들이 자신들도 모르게 검을 뽑아 나왕에게 대항할 뻔했을 정도였다.

그러다가 이내 자신들에게 쏟아지는 기운이 무형의 기운임을 깨닫고 검을 잡았던 손을 놓았다.

"그렇다고 한다면 저희들을 죽이실 건가요?"

싸운다면 반드시 죽을 것이라는 걸 본능적으로 깨달은 화명이 물었다.

그러자 나왕이 고개를 저었다.

"입을 닫고자 하면 당신들 같은 살수들은 죽음을 택할 수도 있는 사람들이지. 그러니 당신들에게 목숨을 걸고 협박하는 것은 아무 의미가 없다는 걸 알고 있소. 그래서 난 다른 방법을 택할 거요."

"어떤 방법이죠?"

화명이 물었다.

"당신들을 죽이느니 지금 이 자리에서 일어나 북화문으로 다시 가겠소. 그리고 음양교의 공격을 막아준 대가로서 북화문주에게 그 천 조각을 얻게 된 경위를 듣겠소. 아주 간단한 방법이지."

나왕이 말하자 그의 뒤에 있던 사송이 맞장구를 쳤다.

"맞아. 그 방법이 있었군. 음양교 무리들을 막아낸 대가는 추후에 받기로 했으니까 말이야. 뭐, 간단하군. 그럼 갑시다. 가서 북화문주에게 물어봅시다. 그게 훨씬 간단하고 정확한 일 처리인 것 같소."

사송이 자리에서 일어나며 말했다.

그는 진심으로 화명과 수월 두 여인을 붙들고 실랑이를 하고 싶지 않은 모양이었다. 아예 그렇게 허비할 시간이 없다는 표정이기도 했다.

그러자 화명과 수월이 당황한 표정을 짓다가 이내 고개를 저으며 말했다.

"문주께 물어보셔도 만족할 만한 대답을 얻지는 못할 겁니다."

"왜 그렇소?"

"그 천 조각이 왜 우리 손에 있었을까요? 그건 애초에 이 천 조각을 손에 넣은 사람이 우리 두 사람이기 때문이지요."

"설마 북화문주에게도 감췄단 말이오?"

"아뇨. 감췄다기보다는 미처 말할 시간이 없었다고 해야겠지요. 우린 음양교의 노발이 있기 전, 문주님의 명에 따라 석 달간 북화문을 떠나 있었어요. 은밀히 처리할 일이 있었기 때문이지요. 그런데 외유 중 북화문이 공격받는다는 소식을 듣고 급히 돌아온 것이에요. 북화문에 도착한 것이 음양교의 공격이 있기 하루 전이라 미처 이 천 조각에 대해 자세히 말씀드릴 시간이 없었지요."

"그럼 북화문주도 그 천 조각의 존재를 모른다는 거요?"

당장에라도 북화문으로 달려갈 듯한 기세던 사송이 물었다.

"물론 얼추 알고는 계세요. 하지만 저희가 부탁을 드렸지요. 수십 년… 그 세월의 노고에 대한 작은 대가로 이 천 조각을 저희에게 주십사 하고요. 이 천 조각에 얽힌 사연도 마찬가지고요."

화명이 대답했다.

그러자 사송이 다시 물었다.

"그럼 북화문주도 당신들이 그 천 조각으로 우리와 거래를 하려 한다는 걸 알고 있었다는 것이오?"

"아마도… 짐작하셨겠지요. 적어도 이 천에 있는 문양이 자왕 대협께서 찾던 것임은 아시니까요. 그리고 북화문을 떠난 우리가 뭘 할지도 짐작하고 계셨을 테고……."

"후우! 고약하군."

자왕 사송이 다시 그 자리에 주저앉으며 투덜거렸다.

*   *   *

바람은 시원했다. 강에서 불어오는 바람은 언제까지라도 일행을 이 자리에 머물게 할 수도 있을 것 같았다.

하지만 일행의 마음은 결코 시원하지 않았다. 아니, 오히려 답답하기 이를 데 없었다.

혈월야가 벌어진 내막의 단서가 될 수도 있는 천 조각을 손에 쥔 화명과 수월 두 여인도 십이천문의 사람들에게 급하게 청부의 승낙을 강요하지 않았다.

그녀들은 마치 이런 기다림에 무척 익숙한 것처럼 십이천문의 사람들이 끓어올랐던 감정을 가라앉히고 차분하게 이 문제를 고민할 시간을 주고 있었다. 살수의 수련을 통해 얻은 인내심의 결과인 듯싶었다.

"그래서 결국 청부를 승낙하지 않으면 이 문양의 천을 어찌 얻었는지 말하지 않겠다는 것이오?"

오랜 침묵 끝에 사송이 다시 한번 확인하듯 물었다.

"그건… 죄송해요."

화명이 자신도 자신들의 요구가 미안한지 고개를 숙여 보였다.

"허어, 이것 참, 꼼짝없이 발목이 잡혔군."

사송이 두 손을 들어 올리며 말했다. 그러고는 슬쩍 나왕의 눈치를 살폈다. 내심 이 청부를 받았으면 하는 눈치다.

나왕은 사송의 시선을 아는지 모르는지 깊은 생각에 빠져 있었다.

그러자 적월이 나왕에게 말을 건넸다.

"사부님!"

"응? 왜 그러느냐?"

"어떻게 생각하세요?"

"응? 뭘?"

나왕이 마치 다른 곳에 있다 온 사람처럼 되물었다.

"이 청부요."

"그건 이미 결정된 거 아니냐?"

나왕이 의아한 표정으로 되물었다.

"예? 어떻게요?"

"그럼 지금 이 상황에서 그 천 조각의 내력을 포기할 사람이 있느냐? 아니면 이 사람들을 고문이라도 해서 입을 열게 할 사람은 또 있느냐? 그렇지 않다면 어쩔 수 있나. 아쉬운 사람은 우린 걸. 다만… 거래는 정확히 해야겠지. 그래, 우리가 어디까지 해주면 이 천 조각을 얻은 경위를 설명해 주겠소?"

나왕이 화명과 수월을 번갈아 보며 물었다.

사실 나왕의 말에 반색을 한 것은 두 여인이 아니라 오히려 자왕과 유왕이었다.

두 사람은 내심 화명과 수월의 청부를 받고 혈월야의 단서를 얻었으면 하는 생각을 하고 있었지만, 나왕의 눈치를 보느라 선뜻 두 여인의 청부를 승낙하지 못하고 있었던 것이다. 그런데 나왕이 먼저 이렇게 결정을 내려주니 반갑지 않을 수 없었다.

"허험, 그, 그렇구먼. 그게 중요하지. 그래, 무슨 일을 해줘야 하오?"

사송이 이 청부는 자신이 다 알아서 하겠다는 듯 나왕을 제치고 나섰다.

그러자 갑자기 화명과 수월이 동시에 자리에서 일어났다. 그러고는 누가 말릴 사이도 없이 불사 나왕에게 큰절을 올리는 것이었다.

"이게 무슨 짓이오?"

나왕이 갑작스러운 두 여인의 행동에 놀라 어리둥절한 표정으로 물었다.

"감사와 사죄의 인사를 드리는 것입니다. 사실 우리 두 자매는 지난 세월 동안 과거 우리에게 일어난 일에 대한 분노와 궁금함으로 제대로 잠이 든 날이 없었습니다. 이 일의 내막을 알기 전에는 우린 죽을 수도 없는 사람들입니다. 그래서 이렇게 무리하게 불사 대협의 노여움을 알면서도 청부를 고집한 것입니다. 오늘 이 무례는 비록 이 청부가 실패한다 해도 반드시 갚을 겁니다."

화명이 진심 어린 표정으로 말했다.

"청부에 은혜가 무슨 말이오. 단지 거래일 뿐인 것을! 우리도 필요한 것을 얻는 것이니 개의치 마시오."

나왕이 고개를 저었다.

그러자 자왕 사송이 손을 털고 자리에서 일어나며 말했다.

"자자, 일단 자리를 옮깁시다. 날이 어두워지고 있는데 언제까지 이곳에 있을 수는 없지 않겠소?"

사송의 말처럼 어느새 산 아래 강물이 노을빛으로 물들고 있었다.

*   *   *

나왕의 태도는 계속해서 두 여인은 물론 십이천문의 사람들까지 놀라게 했다.

불사 나왕은 화명과 수월 두 여인을 십이천문의 장원으로 데리고 왔다.

지금까지 장원이 개봉 인근에 있음에도 불구하고, 청부를 하려는 사람은 하룡포를 거쳐 멀리 쌍괴협까지 간 후 그곳에서 청부가 받아들여지면 안대로 눈을 가린 채 장원까지 데려오곤 했었다.

그런데 나왕이 화명과 수월 두 여인에게는 그런 원칙을 지키지 않았다. 그는 두 여인을 아무런 절차도 거치지 않고 장원으로 데려왔던 것이다.

그런 그의 행동에 자왕 사송과 유왕 서리는 당황할 수밖에 없었다. 아무리 그녀들이 혈월야의 중요한 단서를 가지고 있다 해도 십이천문의 모든 것을 드러내 보이는 행동이 이해되지 않았다.

그러나 어쨌든 그 모든 행동들은 서로 상의할 사이도 없이 이

뭐졌기에 두 사람도 어쩔 수 없이 나왕의 행동을 두고 볼 수밖에 없었다.

일단 화명과 수월 두 사람을 십이천문의 장원으로 데려온 나왕은 그들에게 저녁 끼니를 제공한 후 더 이상 청부에 대한 이야기를 하지 않고 쉬기를 권했다.

두 여살수는 어떻게든 오늘 밤 청부 거래를 확약받고 싶은 눈치였으나 나왕의 강요 아닌 강요에 어쩔 수 없이 그가 권하는 대로 일찍 잠자리에 들 수밖에 없었다.

그런데 정작 두 여인에게는 잠자리에 들기를 권한 나왕은 십이천문의 사람들이 잠드는 것은 허락지 않았다.

그는 십이천문의 모든 사람들을 데리고 늦은 밤 장원에서 가장 높은 건물의 지붕 위에 올라갔다.

십이천문의 사람들은 하나같이 나왕의 이 별스러운 행동을 의아해했으나 분명 무슨 이유가 있을 거라 생각하고, 나왕의 하자는 대로 달빛 내리는 지붕 위에 올랐다.

"자, 이제 설명해 주시구려. 대체 무슨 생각이시오?"

지붕 위에 엉덩이를 대고 걸터앉은 사송이 나왕에게 물었다. 더 이상 궁금함을 참을 수 없다는 표정이다.

그러자 나왕이 허리춤에서 검을 빼내 자신 앞에 놓으며 말했다.

"오늘 밤 저 두 여인의 생사가 결정될 것이오."

"아니, 그게 무슨……?"

사송이 너무 놀라 말도 제대로 하지 못하고 나왕에게 물었다. 그러자 나왕이 차분한 목소리로 말했다.

"물론 나의 이 행동들이 모두 쓸데없는 행동이길 바라오. 하지만 오늘 그녀들의 청부는 사실 너무 뜬금없는 것이었소."

나왕의 말에 공예가 고개를 갸웃하며 물었다.

"하지만 그녀들의 말을 들어보면 별로 의심할 게 없잖아요?"

"그래. 그녀들의 말은 모두 아귀가 맞는다. 의심할 이유가 거의 없지. 하지만… 그렇다 해도 이건 너무 특별해. 그녀들은 북화문과의 서른 살의 약조가 끝나는 날 우리와 만났고, 마침 그즈음 그녀들 손에 십이지방의 혈월야를 풀 단서가 들어왔다는 것이 우연치고는 너무……."

"음, 그렇긴 하지요."

유왕 서리도 심각한 표정으로 말했다.

"그래서 이 하룻밤이 필요한 것이오. 수고스럽겠지만 오늘 밤 두 분께선 장원 주변을 세심하게 살펴주시오. 혹, 이 일이 누군가의 계획에 의해 일어난 일이라면 반드시 누군가 오늘 밤 움직일 것이오. 저 여인들이든 아니면 외부인이든."

"우리 십이천문을 노리는 자들이라면 그렇겠지요."

서리가 고개를 끄떡였다.

그러자 나왕이 이번에는 적월과 공예를 보며 말했다.

"너희들도 오늘 밤은 잠을 자지 말거라. 만약 저들의 행동이 십이천문의 근거지를 찾고자 하는 자들의 행동이라면 오늘 밤 칼을 쓰지 않을 수 없을 테니까."

"예. 사부님!"

"알겠어요."

적월과 공예가 동시에 대답했다.

그러자 나왕이 두 여인이 잠든 방을 바라보며 중얼거렸다.

"부디 이 모든 것이 나의 기우이길 바랍시다. 그래야… 혈월야의 비밀을 풀 수 있는 단서 역시 진짜일 테니까."

제2장
청부는 진짜다

우려했던 일은 벌어지지 않았다.

지난밤 십이천문을 방문한 불청객은 없었다. 화명과 수월 두 여인도 자신들의 숙소에서 움직이지 않았다. 그건 화명과 수월 두 여인의 청부가 진짜라는 사실을 의미한다.

십이천문을 공격하기 위한 계획의 일환으로 두 여인이 움직인 것이 아니라는 것을 확인되었으니 이제 그녀들의 청부에 집중해야 할 때였다.

"우리의 본 가를 알아내고 그곳까지 가게 되면 그때, 이 천 조각을 얻게 된 경위는 알게 되실 거예요."

자신들이 하룻밤 동안 철저하게 감시되었다는 것을 아는지 모르는지, 간단하게 아침 요기를 한 후 화명과 수월이 자신들의 청부 이야기를 꺼내 들었다.

"알겠소. 그런데 어제 이야기로는 그대들도 자신들의 본 가에 대한 기억이 거의 없다고 했던 것 같은데……?"

자왕 사송이 물었다.

그러자 화명과 수월이 어두운 표정으로 고개를 끄떡였다.

"맞습니다. 아주 단편적인 기억들 말고는……."

"그 기억 속에서 그대들이 살던 곳은 어떤 풍경이었소?"

사송이 다시 물었다.

청부에 대해 물어보는 것은 대부분 자왕 사송의 일이었다. 사실 무공으로야 나왕이 십이천문의 제일고수라지만, 이런 종류의 청부, 사람을 찾거나 혹은 자신들의 과거를 찾는 일에서는 나왕이 도저히 사송을 따라갈 수 없었다.

이런 일은 대체로 뛰어난 직관력과 관찰력, 그리고 세심한 감각이 어우러져야 그 능력을 발휘할 수 있는데, 그런 면에서 자왕 사송과 유왕 서리의 천부적인 감각은 다른 어떤 사람보다 뛰어나기 때문이었다.

그래서 일단 청부를 받기로 한 이후에는 사송이 청부를 주도하는 것이 당연했다.

"무척 깊은 산속이었던 것 같아요."

화명이 대답했다.

그러자 수월이 조용히 덧붙였다.

"그럼에도 불구하고 무척 큰 규모의 건물에 살았던 것 같습니다."

"흐음… 깊은 산속의 거대한 건물이라. 그건 곧 무림의 대문파란 의미인데……."

단순하지만 분명한 사실이었다.

세상 사람들 중 인적 드문 깊은 산속에 거대한 건물을 짓고 살아가는 사람은 오직 두 부류밖에 없었다.

절간의 중이나 혹은 무림의 거대문파들만이 그렇게 세상과 거리를 두고 깊은 산중에 자신들의 터전을 일군다.

화명과 수월 두 여인이 살던 곳이 절간을 아닐 것이니, 당연히 그들의 본 가는 무림의 거대문파일 수밖에 없었다.

"어렵군요."

곁에서 듣고 있던 유왕 서리가 말했다. 그녀들의 본 가를 찾기가 어렵다는 의미보다는 거대문파에 뿌리를 두었다면 그녀들의 본 가를 찾는 일이 생각보다 위험할 수도 있다는 의미였다.

버려진 사람은 버려진 이유가 있는 것, 비록 세월이 흘렀다고 해도 그녀들이 쫓긴 이유가 사라지지 않은 이상 그녀들의 존재를 알게 되면 반드시 다시 위험이 찾아올 것은 분명했다.

"저희들이 존재가 알려질 일은 없어요. 이미 이십오 년이에요. 우리 나이도 서른… 이 정도의 세월이 지나면 어린 시절의 모습은 자연히 사라질 테니 우리 스스로 정체를 밝히지 않는 이상 누구도 우릴 알아보지 못할 거예요. 전대 북화문주께서도 그리 말씀하셨지요. 그래서 세월이 필요하다고."

"그럴 수도 있겠구려."

사송이 고개를 끄떡였다.

"그럼 깊은 산중에 터를 잡은 모든 강호 문파를 살펴봐야 하나요?"

공예가 난감한 표정으로 물었다.

그러자 사송이 고개를 저었다.

"그건 너무 무식한 방법이지."

"그럼 어떤 방법이 있는데요?"

공예가 물었다.

그러자 사송이 대답을 하는 대신에 커다란 지도를 서탁 위에 펼쳤다.

촤악!

가로세로 반 장 정도의 지도는 보통의 지도보다 훨씬 커서 서탁 거의 전부를 덮었다.

지도를 편 사송이 한 지점을 가리키며 말했다.

"이곳이 개봉이오."

사람들의 시선이 모두 사송의 손끝으로 향했다. 개봉은 거대한 성이지만 지도에선 그저 손톱만큼 작은 점으로 표시되어 있었다.

"그래서요?"

공예가 마치 자신이 수월이나 화명이 된 것처럼 물었다.

"세상에 그 위치가 알려지지 않은 문파를 찾고자 한다면 일단 조사할 범위를 좁히는 것이 중요하단다. 그런 의미에서 지금부터는 두 사람의 판단이 무척 중요하오."

사송이 화명과 수월을 보며 말했다.

"말씀하세요."

화명이 고개를 끄떡였다.

"애초에 출발한 곳을 모른다면 도착한 곳으로부터 역으로 길을 되짚어가는 것이 좋소. 일단 전대 북화문주로부터 구원을 받은 후 바로 북화문으로 왔소?"

사송의 질문에 화명과 수월이 잠시 생각에 잠겼다가 서로를 바라보더니 화명이 먼저 입을 열었다.

"장안에 잠시 머물렀지?"

"응, 그렇게 거대한 성은 처음 보는 것이라 기억에 남아 있어."

수월이 대답했다.

그러자 사송이 말했다.

"좋소. 그럼 시작은 개봉은 아니라 장안이 되오."

탁!

사송이 장안으로 표시된 점을 손으로 짚었다.

그러면서 다시 물었다.

"전대 문주로부터 구원을 받은 후 장안까지 이동하는 데 얼마나 걸렸소?"

"대략 칠팔 일 정도였던 것 같아요. 아니, 열흘인가?"

화명이 수월에게 물었다.

"열흘은 넘지 않은 것 같아."

수월이 대답했다.

"말을 탔소? 아니면……?"

다시 사송이 물었다.

"마차를 빌렸어요."

"마차라… 마차의 속도는? 혹은 밤낮의 이동 거리를 기억하오?"

사송의 물음에 화명과 수월이 다시 아미를 모으고 곰곰이 생각에 잠겼다. 그러다가 수월이 입을 열었다.

"역시 밤에 이동했던 것 같아요. 물론 아침 일찍 길을 떠났던 적도 있긴 한 것 같고요. 대신 급하게 마차를 몬 것은 아니고, 조심스럽게 이동했던 것 같아요."

"좋소. 보통의 이동속도로 칠 일에서 십 일! 그러면……."

스윽!

사송이 장안을 중심으로 넓게 원을 그렸다.

"이 정도 거리 안에서 당신들은 북화문주를 만난 거요. 이제 중요한 것은 당신들이 이동한 방향이오. 비록 밤이라도 동서남북의 방향은 얼추 기억할 것 같은데……?"

사송이 물었다.

그러자 역시 수월이 대답했다.

"우린 계속해서 동쪽으로 이동했던 거 같아요. 새벽이나 밤에 길을 가다 보면 해나 달이 뜨는 방향으로 움직이고 있었어요."

"그렇다면 우린 반대로 서쪽으로 가야겠군. 보자……."

사송이 지도를 유심히 살폈다. 그러다가 몇 군데 지점을 손으로 짚으며 말했다.

"대체로 사천 북동부 지역에서 당신들은 북화문주를 만난 것 같소."

"하지만 그래도 너무 넓어요."

공예가 말했다.

"물론 그렇지. 하지만 그래도 이렇게 시작해야 한단다. 아마처음이 가장 어려울 거야. 그 근방의 성읍이나 마을을 모두 돌아봐야 할 테니까. 하지만 사천은 험지란다. 그래서 마차가 다닐 수 있는 길은 그리 많지 않다. 마차가 다닐 만한 길 위에 있는

칠 일에서 십 일 정도 거리의 장소를 찾아보는 것이 최선의 방법이다. 물론 이 경우에도 당신들의 기억이 가장 중요하오."

사송이 화명과 수월에게 말했다.

그러자 두 사람이 얼른 고개를 끄떡였다.

"최대한 기억해 볼게요. 다행히 전대 북화문주님을 만났던 즈음의 기억은 제법 남아 있으니까."

"좋소. 그럼 일단 장안으로 갑시다. 그곳에서부터 일을 시작해야 할 것 같소."

사송이 나왕을 보며 말했다.

그러자 나왕이 물었다.

"우리 모두 가는 거요?"

"음… 이번에는 아무래도 그래야 할 것 같소. 워낙 광범위한 지역을 살펴봐야 하니 사천에 들어가서는 길을 나누어 조사해야 할 수도 있으니까."

사송이 대답했다.

"와! 신난다!"

공예가 자신도 이번 청부 여행에 따라갈 수 있게 되자 손뼉을 치며 좋아하다가 유왕 서리의 눈총을 받고는 이내 고개를 숙였다.

그렇게 공예에게 눈총을 준 유왕 서리가 걱정스럽게 말했다.

"이 장원이 온전할지……."

"믿을 만한 사람에게 잠시 맡겨두면 되지."

사송이 말했다.

"우리에게 믿을 사람이 어디 있어요?"

서리가 퉁명스레 말하자 사송이 나왕을 보며 물었다.

"그는 어떻소?"

"누구 말이오?"

"개방의 천면개 말이오."

"아니, 지금 이 장원을 거지들에게 내주자는 말이에요?"

나왕이 대답을 하기도 전에 서리가 화를 냈다.

"아아, 거지라고 다 같은 거지인가? 천면개 같은 인물이 설마 장원에 똥이라도 싸 놓겠어? 어떻소이까?"

사송이 다시 나왕에게 물었나.

그러자 나왕이 고개를 끄떡였다.

"나쁘지 않을 것 같구려. 그 양반에게는 우리가 지켜야 할 비밀도 거의 없고, 또 두어 달 뒤면 겨울 초입이니 그 양반도 따뜻하게 지낼 곳이 필요할 것이오."

"하지만 거지들이 득실대면 주변 사람들의 이목을 끌게 될 거예요."

서리는 여전히 개방의 천면개에게 장원을 맡기자는 사송의 제안이 못마땅한 모양이었다.

"천면개와 그의 제자만 이곳에 머물도록 약속받겠소."

나왕이 말하자 서리도 더 이상은 천면개 노광에게 장원을 맡기는 문제를 반대하지 못했다.

"몰라요. 두 분이 결정한 일이니 나중에 장원이 망가져도 두 분이 알아서 하세요."

서리가 한발 물러나자 사송이 손뼉을 치며 말했다.

"자, 그럼 이야기는 이쯤에서 끝냅시다. 내일이면 되겠소?"

사송이 나왕에게 물었다.

그러자 나왕이 고개를 끄떡였다. 천면개에게 다녀오는 시간을 말한 것이다.

"이제부터 두 사람은 최대한 과거의 기억을 되짚어보시오. 그대들이 전대 북화문주를 만났던 장소의 특징이나 혹은 그녀를 만난 후 처음 들렀던 마을에 대한 기억 같은 것 말이오."

"알겠어요."

화명과 수월이 고개를 끄떡였다.

"그 기억들이 없으면 우린 정말 모래사장에서 바늘 찾는 꼴이 될 수도 있소. 아무리 범위를 좁힌다고 해도……."

사송이 다시 한번 당부하자 두 여인이 다부진 표정을 보이는 것으로 대답을 대신했다.

그렇게 아침 모임이 끝나자 나왕이 서둘러 장원을 떠나 개봉성으로 향했다.

사송과 적월 역시 장원을 잠시 벗어났는데, 사천으로의 여행을 위한 준비를 하기 위해서였다.

그렇게 바쁜 하루가 지나고 그다음 날 아침, 십이천문의 사람들은 호기심을 이기지 못해 음양교 무리를 쫓는 일도 집어치우고 지난밤 장원으로 쳐들어온 천면개 노광과 그 제자 승청의 배웅을 받으며 장안을 향해 길을 떠났다.

*　　　　*　　　　*

첩첩산중, 산과 산이 켜켜이 쌓여 있어 그 안으로는 도저히 길이 있을 것 같지 않은 험준한 산맥이 앞을 가로막았다.

어쩌다가 드러나는 계곡 줄기가 가끔 숨통을 트이게도 했지만 산 정상으로 올라서기 전에는 하늘이 막힌 듯 답답한 느낌이 드는 파촉 땅이다.

그러나 이곳도 사람 살아가는 곳이라 산과 산을 통하고 계곡을 건너는 길이 존재했다.

사람 하나 다니기 어려운 곳도 있지만 가끔은 작은 마차 한 대 다닐 정도의 길도 만날 수 있었다.

뚜각뚜각!

한눈에 보기에도 위태로운 잔도를 말을 탄 두 사람이 조심스럽게 이동하고 있었다.

잠시라도 한눈을 팔면 수백 척 산비탈 아래로 굴러떨어질 수밖에 없는 위험한 길이어서 여행객들은 좀체 속도를 내지 못했다.

그러나 그렇다고 그들의 얼굴에 초조하거나 두려운 기색은 없었다.

"후우, 잠시 쉬어갈까?"

느린 여행이지만 오랫동안 말을 탔는지 중년의 사내가 청년을 보며 물었다.

"그래요. 마침 끼니 때도 되었으니."

청년이 대답했다.

두 사람은 조금 더 말을 타고 이동해 그나마 말과 사람이 함께 쉴 수 있는 공터에서 걸음을 멈췄다.

말고삐를 기울어지게 자란 나무 밑동에 묶은 두 사람이 작은 가죽 천을 깔고 그 위에 앉아 요기를 하기 시작했다.

"정말 그녀들의 본 가를 찾을 수 있을까요?"

건량으로 끼니를 때운 뒤 준비해 온 과일 몇 개를 중년 사내에게 건네며 청년이 물었다.

"운이 좋으면."

중년 사내가 무심하게 대답했다.

"별로 기대하지 않으시는군요?"

"아무리 가능한 지역을 좁히더라도 모래사장에서 바늘 찾기와 다를 바 없지."

"하지만 풍혈을 가진 산은 그리 많지가 않죠."

젊은 사내가 말했다.

"모르는 소리. 알려지지 않아서 그렇지 풍혈을 가진 산은 제법 많단다. 그리고 사실 그들이 느꼈던 그 냉기가 풍혈에 의한 것이라고 확신할 수도 없지 않느냐? 죽음의 위기에서는 누구나 다 한기를 느끼는 법이니까."

"그래도 한여름에 늦은 봄꽃이 피었다는 걸 보면……."

"적월, 너는 그 여인들이 자신들의 본 가를 찾길 진심으로 바라는 모양이구나?"

중년 사내가 물었다.

이들은 개봉의 십이천문을 떠나 북화문의 살수 화명과 수월의 본 가를 찾기 위해 나선 불사 나왕과 적월이었다.

십이천문의 고수들은 장안까지는 모두가 함께 동행했다.

일단 장안에 들어온 일행은 삼 일간 휴식을 취한 후 그때부터 본격적으로 화명과 수월 두 여인의 이십오 년 전 행적을 되짚어가기 시작했다.

장안에 이르는 동안 두 여인은 한 가지 중요한 단서를 기억해 냈다. 그건 마누라는 무사가 그녀들을 숨겨놓은 동굴 근처에 강한 냉기를 뿜어내는 풍혈이 있다는 사실이었다. 그곳에서 두 여인은 북화문의 전대 문주 한검 자소를 만났다는 사실을 기억해 냈다.

풍혈은 한여름에도 차가운 냉기를 뿜어내는 기이한 장소라 세상에서 흔히 찾아보기 어려운 곳이다. 정말 그녀들이 그런 장소에 있었다면 그건 그녀들의 과거를 되짚어가는 데 무척 중요한 단서가 될 수도 있었다.

그래서 일행은 셋으로 무리를 나누어 촉에서 장안에 이르는 길 중 마차가 이동할 수 있는 길을 따라 이동하면서, 풍혈을 가진 산이 가깝고 화명과 수월이 전대 북화문주에게 구함을 받은 후 들린 첫 번째 마을의 분위기와 비슷한 곳을 찾고 있는 중이었다.

"불쌍하잖아요?"

나왕의 물음에 적월이 대답했다.

"좀 심하게 기구하긴 하지?"

"부모가 버린 것은 아니겠죠?"

"모르지. 하지만 보통의 경우에 부모는 절대 자식을 버리지 않지. 아주 특별한 경우를 제외하고는."

나왕이 대답했다.

"궁금해요. 대체 어떤 사연인지……."

"사실 나도 궁금하기는 하다. 그녀들의 모습을 보면서 그 가문이 조금 특별한 듯 보였거든."

"어떤 면에서요?"

적월이 물었다.

"넌 화명과 수월 그 두 여인의 무공을 어찌 생각하느냐?"

"글쎄요? 눈여겨보지 않아서. 뭐, 살수의 무공을 이십여 년이나 수련했으니 당연히 뛰어난 살공을 지니고 있겠지요."

적월이 대답했다.

"보통은 그러하다. 그런데 난 그녀들의 살공이 아니라 내공에 호기심이 가더구나."

"내공이요?"

"음……."

나왕이 고개를 끄떡였다.

"제가 보기엔 놀랄 정도는 아닌 것 같던데……."

"겉으로 보기엔 그렇다. 그러나 그녀들의 몸에 잠재된 내공은 결코 가볍게 볼 게 아니야."

"아니, 그걸 어떻게 아세요? 언제 진맥이라도 하셨어요?"

"그건 아니고, 지난번 북화문에서 음양교의 무리들과 싸울 때 그녀들의 움직임을 눈여겨봤었다. 뭐, 특별한 이유가 있어서는 아니고 싸우는 모습에서 흥미를 느꼈기 때문이지."

"뭐가 특별했는데요?"

"가끔씩 위기가 닥쳤다 싶은 순간에는 자신들도 모르게 무척 강렬한 내기를 발산하더구나. 문제는 그런 진기의 흐름이 부드럽게 이어지지 않는다는 것인데, 아마도 그건 그 진기의 실체를 자신들도 제대로 모르고 있기 때문이겠지."

"에이, 설마요. 어떻게 자기 몸속의 진기를 몰라요."

적월이 고개를 저으며 말했다.

"아니다. 그건 그렇지가 않아. 적월 넌 너의 선천지기를 평소에 느끼느냐?"

"선천지기요? 그야……."

적월이 말꼬리를 흐렸다.

"그것 봐라. 선천지기 역시 평소에는 생기를 유지하는 정도로 쓰이지만 위급한 지경이 되면 자신도 모르게 상상할 수 없는 힘을 낸다. 그와 마찬가지로 어린 시절 타인의 힘으로 자신도 모르게 형성된 내기는 본인도 모를 수가 있는 법이란다. 특히 그 힘을 형성해 준 사람이 그 기운들을 봉인하거나 했다면 말이다."

"정말 그럴 수도 있는 건가요?"

적월이 의심스러운 표정으로 다시 물었다.

"대부분의 명문가에서는 후손이 태어나면 아이 때부터 여러 가지 영약이나 다른 방법을 통해 아이의 잠력을 길러준다. 그렇다고 아이가 바로 내공의 고수가 되는 건 아니지 않느냐? 그렇게 잠력의 기초를 쌓은 후 신공을 연성하면 비로소 그 잠력을 제대로 된 진기로 쓸 수 있게 되는 것이지."

나왕의 설명에 적월이 이해가 간다는 듯 고개를 끄떡였다. 그러다가 물었다.

"그럼 그 두 사람 역시……."

"아마도 대단한 가문의 사람들이었을 것이다. 눈빛에서도 잠력의 흔적을 느낄 수 있는데 무척 강렬하더구나."

"단지 살수라서 그런 날카로운 눈빛을 가진 줄 알았어요."

"겸사겸사… 아무튼 그래서 궁금하구나. 대체 그렇게 대단한 잠력을 형성해 줄 만큼 귀하게 자란 사람들이 왜 북화문의 살수까지 되었는지 말이다."

"이래저래 이 청부를 제대로 끝내야겠군요."

"그래야겠지. 십이지방의 문제도 있으니. 자, 이제 그만 가보자."

"예, 스승님!"

적월이 얼른 일어나 나무에 묶어두었던 말들을 끌고 왔다.

그리고 두 사람은 다시 사천의 외로운 잔도를 따라 말을 몰아가기 시작했다.

　　　　　*　　　　　*　　　　　*

화명은 여간 불편한 것이 아니었다. 비록 동행자가 오십 줄을 바라보는 나이기는 해도 남녀 단둘이서 여행을 하는 것이 그리 편할 수는 없었다.

객잔이라도 있는 마을에 들러 잠을 잘 때는 그래도 나았다. 방 두 개를 빌리면 되기 때문이었다.

그러나 오늘처럼 날이 어두워졌는데도 마을이 나타나지 않는 경우에는 꼼짝 없이 둘이서 노숙을 해야 했다.

살수로 살아온 세월이 있으니 노숙 그 자체는 문제가 되지 않았다. 단지 사내와 단둘이 산속에서 밤을 보내는 일이 어색할 뿐이었다.

다행인 것은 이 중년의 사내가 자신에게 별반 큰 관심을 두지 않는다는 것이었다. 더군다나 사내는 노숙에 무척 익숙한 듯 거의 모든 준비를 혼자 순식간에 끝냈다.

타탁타탁!

모닥불 속에서 마른나무들이 타는 소리가 요란하게 일어났다. 시절은 늦가을로 접어들고 있어서 사방에 땔감이 널려 있었다. 자연은 그렇게 늦가을 추운 밤에도 숲에서 견딜 재료들을 넉넉하게 내어주고 있었다.

두 사람은 모닥불을 사이에 두고 늦은 저녁 요기를 했다. 지난번에 들른 마을에서 구해온 육포와 건량으로 끝내는 식사였지만, 둘 모두 제법 오랜 시간 요기를 했다.

살수들은 가끔씩 오랫동안 음식을 먹을 수 없는 경우도 있어서 한 번 식사를 할 때, 정성껏 오랫동안 음식을 씹어 모든 영양분을 완벽하게 흡수하는 버릇이 있었다.

그 오랜 버릇이 자연스럽게 화명의 식사 시간을 길게 만들었는데 사내는 살수도 아니면서 화명과 비슷한 식사 버릇을 가지고 있었다.

그런 사내를 화명이 힐끗힐끗 훔쳐봤다. 여행을 하면서 이 기이한 문파의 사람들에게 자연스레 관심이 가는 것은 어쩔 수 없었다.

하지만 거의 막무가내로 청부를 맡긴 터라 함부로 이들의 내력을 물어볼 수는 없었다.

"뭐, 궁금한 게 있소?"

사내는 뛰어난 육감을 가지고 있었다. 그래서 그의 동료들이 그를 쥐의 왕, 자왕이라 부르는 모양이었다.

"네?"

갑작스러운 자왕 사송의 질문에 화명이 놀란 듯 되물었다.

"하고 싶은 말이 있는 것 같아서 말이오."

"그게……."

"말해보시오."

사송도 오랜 침묵이 지루했는지 화명과의 대화를 이어갔다. 하긴 십이천문의 문도들 중 공예를 제외하고는 가장 말이 많은 자왕 사송이었다.

"음… 그 옛날, 십이지방의 영웅분들은 처음에 어떻게 만나게 되신 거죠?"

"뭐, 특별한 계기가 있겠소? 한 사람이 한 사람을 만나고, 다시 그 사람이 아는 사람을 소개하고… 그러면서 열두 명이 모이게 되었다오."

"별일 아닌 것 같지만 사실은 무척 특별한 일이군요. 보통 아무런 목적 없이 열두 명의 절정고수가 모이는 것은 쉽지 않은데."

"맞는 말이오. 사실 우리도 가끔 이상하게 생각했었소. 우리 열두 형제는 처음 만날 때부터 죽이 잘 맞았소. 성향이 비슷하다고 할까? 그런 면에서 우린 우리의 인연이 운명이었다고 생각했었다오."

"그렇군요. 그런 인연도 있을 수 있지요. 그런데 왜 그렇게 뛰어난 무공을 가지신 분들이 애초에 청부문을 할 생각들을 하셨어요? 제가 듣기로는 딱히 금자를 탐하는 분들도 아니었다고 하던데……."

"음, 그것 역시 시작은 별 의미는 없었소. 다만, 우리 십이지방의 형제들이 사람들과 잘 어울리지는 못했지만, 속내는 무척 동정심이 많은 사람들이기 때문이었을 거요. 그래서 비밀리에 어려움에 처한 사람들을 돕는 경우도 많았는데, 대형이신 신왕 형님께서 제대로 구색이라도 갖추고 남을 돕는 게 어떠냐고 하셔서 십이지방이라는 별스러운 청부문을 만들게 되었던 것이오."

심심하던 차에 잘되었다는 듯 자왕 사송이 화명은 질문에 재대로 응대해 주었다.

사실 지금까지 타인에게 이렇게 십이지방에 대해 자세히 이야기를 하는 경우가 거의 없었던 자왕이었다. 십이지방을 언급할 때마다 혈월야의 참혹한 과거가 떠오르기 때문이었다.

그런데 오늘처럼 외로운 밤, 화명과 단둘이 노숙을 하게 되자 자신도 모르게 십이지방에 대한 이야기를 술술 풀어내는 자왕이었다.

어쩌면 화명도 십이지방의 혈월야에 못지않은 기구한 과거를 가지고 있기 때문인지도 몰랐다.

"나중에는 무림맹의 일도 하셨다고 하던데……."

화명이 다시 물었다.

"그야 뭐… 칠마, 십육마문의 난은 무림 전체의 일이었으니까. 그 일도 사실 신왕 대형께서 특별히 우리 형제들의 동의를 구한 일이기에 가능했던 것이오."

"신왕이란 분은 무림의 일에 관심이 많으셨나 보군요?"

화명이 물었다.

"글쎄… 그건 잘 모르겠소. 다만 신왕 형님이 무림맹 주요 고수들과 약간의 친분이 있었던 것은 사실이오. 그러나 뭐 그중 어느 문파와 인연이 깊다든지 하는 것은 아니었고. 어쩌면 신왕 형님에겐 다른 형제들에겐 없는 무림대의가 있었는지도 모르겠지만."

자왕 사송이 덤덤하게 말했다.

"대체… 그날 무슨 일이 일어난 걸까요?"

화명이 자신도 모르게 중얼거렸다.

그러자 자왕 사송이 화명을 보며 말했다.

"당신들이 가지고 있는 그 물건이 부디 그 수수께끼를 풀어줄 실마리가 되길 바랄 뿐이오."

사송의 말에 화명이 미안한 표정을 지으며 말했다.

"우릴 원망하시죠?"

"처음에는 그랬지만 지금은 아니오."

"……?"

"당신들의 특별한 사정 때문은 아니오. 그보다는 생각해 보면 당신들이 찾지 못했으면 얻지 못했을 단서가 아니오? 그 단서를 찾아주었으니 어쨌든 고마운 생각이 드는구려. 사실 지난 십수 년간 나랑 서리 동생도 실패한 일인데."

"우연이었죠."

화명이 대답했다.

"세상에 우연이 있겠소? 일이 되려니 이렇게 된 것이지. 그래서 당신들 두 사람의 일을 먼저 해결하는 것 역시 필요한 수순이라고 생각하고 있소. 만약 당신들이 먼저 그 단서를 쳤다면 아마도 우린 당신들 일에 집중하지 못했을 거요. 혈월야의 일이 더

급하니까. 적어도 우리에게는······."

"솔직히 저희도 그 생각을 했어요. 그래서······."

"잘했소. 당신들 두 사람의 일에 우리 십이천문의 힘을 모두 쏟아부으려면 지금은 잠시 혈월야를 잊는 것이 좋소. 아무튼 이 일이 잘 끝나야 할 텐데······."

"석 달 정도 생각하고 있었어요. 그때가 되면 일에 진척이 없어도 우리가 알고 있는 그 문양에 대한 정보를 알려 드릴게요."

"청부에 실패해도 말이오?"

"그림요. 우린 청부의 성패와 상관없이 십이천문의 시간을 샀다고 생각하고 있었어요. 석 달간······."

"시간을 샀다라··· 나쁜 말은 아니군. 하여간 이 일도 잘 해결되길 바라오."

"고마워요."

화명이 미안한 표정으로 고개를 숙여 보였다.

"아아, 서로 좋자고 하는 일이니 고마울 건 없소. 그나저나 이젠 잠이나 잡시다. 밤도 깊었으니."

사송의 말에 화명이 다시 한번 고개를 숙여 보이고는 이슬을 막기 위해 쳐놓은 작은 천막 속으로 들어갔다.

천막 안으로 들어온 화명이 입구를 열어 모닥불의 온기가 천막으로 들어오게 하고는 담요를 깔고 그 위에 누웠다. 그러자 열린 천막 입구 쪽으로 밤하늘이 보였다. 성근 별들이 그녀의 눈에 가득 들어왔다.

"별빛이 좋아."

화명이 나직하게 중얼거렸다.

천막 입구를 통해 보이는 야경은 한 폭의 그림 같았다. 달이 사라진 밤하늘에 별들이 가득했고, 밤하늘 중간중간 구름이 흘러갔다.

그리고 수백 년은 족히 되었을 몇 그루의 나무들이 그 밤하늘을 향해 기형적으로 자란 가지를 뻗어내고 있었다.

아마도 혼자였으면 괴기스러웠을 풍경. 그러나 누군가 함께 이 자리에 있다는 사실이 오늘 밤풍경을 즐길 수 있게 해주고 있었다.

화명이 팔을 들어 밤하늘을 향해 구불거리며 뻗은 나뭇가지들을 따라 손을 움직였다. 마치 손이 나뭇가지가 된 듯한 모습이다.

그런데 그러다가 갑자기 화명의 손이 정지했다. 그리고 찰나의 순간이 억겹처럼 흘렀다.

물론 그 작은 변화는 오직 천막 안 화명에게만 일어난 일이었다.

"아……!"

화명이 나직하게 비명인지 탄식인지 모를 소리를 흘렸다. 순간 민감한 육감을 지닌 자왕 사송이 화명이 들어가 있는 천막 쪽을 돌아보며 물었다.

"무슨 일이 있소?"

"그, 그것이……."

화명의 목소리가 떨려온다.

"왜 그러시오?"

자왕 사송이 자리에서 일어나 화명의 천막 근처로 갔다. 그럼에도 화명은 몸을 일으키지 않고 누운 채로 손을 들고 있었다.

"어디가 불편하시오?"

자왕은 혹시 화명의 몸이 아픈 것은 아닌지 걱정스럽게 물었다.

"아니, 그런 것은 아니에요."

"그럼 대체 왜 그러시오?"

"기억이… 기억이 났어요."

화명이 마치 잠에서 갓 깨어난 사람처럼 벌떡 일어났다. 그러자 시송이 심각한 표정으로 물었다.

"다른 기억이 났다는 것이오?"

"예."

"뭐요?"

화명과 수월 두 여인의 본 가를 찾아가는 일은 거의 대부분 그녀들의 기억에 의지해야 했다. 단편적인 그녀들의 기억을 자왕 사송과 유왕 서리의 천부적인 직관력으로 연결시킬 때야 겨우 그녀들의 본 가를 찾을 가능성이 생기는 것이 이번 청부였다.

그래서 화명의 기억은 사소한 것이라도 중요했다.

"붉은 대추나무들… 붉은 대추나무들이 있었어요."

"아니, 대추나무가 붉은색일 리가 있소? 가을에 그 열매가 달렸을 때는 몰라도."

"아니에요. 분명 그 기둥이 붉은색이었어요."

"후우… 세상에 그런 나무가 있을 리가. 아마 어린 눈에 착시를 일으켰을 수도 있소."

오래된 기억은 왜곡될 수 있다. 특히 다섯 살 어린 나이의 기억은 더더욱 그러하다.

다섯 살짜리 어린 여자아이에게는 가을 열매를 맺은 대추나무가 붉은빛으로 보였을 수도 있었다. 혹은 석양에 물들거나 다른 이유로라도.

그러니 그때의 감상적인 단상이 실제로 있었던 일이라고 판단하는 것은 위험한 일이었다.

만약 잘못된 기억을 사실로 생각해 그 기억의 단서로 어떤 장소를 찾으려다가는 영원히 헛걸음만 할 수도 있었다.

자왕 사송처럼 노련한 사람은, 그래서 이런 식의 단서가 나오면 일단 의심부터 할 수밖에 없었다.

그러나 화명은 다른 모양이었다. 그녀는 자신의 기억에 대해 확고한 믿음이 있는 듯했다.

"아뇨. 이건 달라요. 그 나무들… 한 그루가 아니었어요. 십여 그루가 넘었을 거예요. 아주 오래된 대추나무들이었고… 첫 번째 들른 마을을 새벽안개 속에서 떠날 때… 우린 마차의 창가에 앉아 불안과 두려움, 그리고 슬픔으로 인해 멍하니 아직 어두운 창밖을 바라보고 있었죠. 바로 그 순간이 기억나요. 손을 창밖으로 내밀고 있었는데, 이렇게요."

화명이 자신의 손을 조금 전처럼 어두운 밤하늘을 향해 뻗었다. 그러고는 다시 말을 이었다.

"그때 제 손에 그 대추나무들이 걸렸지요. 마치 오늘처럼요."

화명이 자신의 손에 걸리는 기형적으로 자란 오래된 나무들을 가리키며 말했다.

하지만 그녀의 말이 더더욱 자왕의 불신감을 키웠다.

"빛도 없는 새벽이라면 더더욱 그대가 본 것이 착시일 수 있지 않겠소?"

"하지만 당시 전대 북화문주께서 하신 말씀이 함께 생각났어요. 우울해하는 우리를 위로하기 위해 지나가는 말처럼 하신 말이지만, 잠시 마차를 세워 그 붉은 대추들을 가리키며 적조목(赤棗木)이라 부른다고 말씀하셨어요. 이젠 분명히 기억이 나요."

이렇게까지 정확한 기억이라면 더 이상 의심할 바가 없다. 오히려 그렇게 명확한 기억을 왜 지금까지 떠올리지 못했을까 하는 것이 의문이었다.

"미리 기억했으면 좋았을 걸 그랬소."

십이천문의 사람들은 세 무리로 나뉘어져 있었다. 불사 나왕과 적월이 동행하고 있었고, 유왕 서리와 공예, 그리고 수월을 포함한 일행, 그리고 자왕 사송과 화명이 마지막 일행이었다.

화명과 수월이 서로 다른 일행에 포함된 이유는 당사자들인 그녀들의 기억이 이 일에 가장 중요한 단서가 되기에, 함께 있는 것보다 서로 다른 일행에 나뉘어져 있는 것이 효과적이라고 생각했기 때문이다.

그러니 지금 당장은 붉은 대추나무에 대한 이야기를 다른 일행에게 전할 수 없었다. 자왕 사송은 그걸 아쉬워하는 것이었다.

"저도 이해할 수 없어요. 왜 이 명확한 기억이 지금까지 기억나지 않았을까요?"

화명이 스스로를 자책하듯 말했다.

"새벽에 이동을 했다니 아마도 당시 비몽사몽이었을 수도 있소. 다섯 살 나이라면 더더욱 그러하오."

"아니면… 애써 당시의 기억을 잊으려 했던 탓일 수도 있지요."

"뭐, 그럴 수도……."

사송이 고개를 끄떡였다.

사람들은, 특히 어린아이들은 어른들의 강압이나 협박에 의해 스스로의 기억을 지워 버리기도 한다는 것을 사송도 알고 있었다.

"후우……."

화명이 나직하게 한숨을 쉬었다.

"전대 북화문주를 원망하시오?"

그녀들의 기억을 봉인해 버린 전대 북화문주의 행동은 화명과 수월 두 사람에게 충분히 원망받을 일이었다.

그러나 화명은 고개를 저었다.

"아뇨. 우린 그분을 원망한 적이 없어요."

"그렇소?"

사송이 뜻밖이라는 듯 되물었다.

"그분의 결정이 저희들의 목숨을 살리기 위한 것일 뿐 아니라 북화문의 안위를 위한 것이었다는 것을 알기 때문에 원망을 할 수 없지요."

"하긴 두 사람의 정체를 감추기 위해 무공조차 살공을 가르쳤으니, 서른 살의 금제도 그러하고……."

사송이 고개를 끄떡였다.

그러나 여전히 의문인 것은 왜 북화문주가 화명과 수월 두 사람을 도왔냐는 것이었다.

그녀는 두 사람이 마누 아저씨라고 부르는 사람과의 작은 인연 때문이라고 했다지만, 작은 인연만으로 북화문이 멸문당할 수도 있는 일을 하는 것은 쉬운 결정이 아니었다.

어쩌면 전대 북화문주는 화명과 수월 두 여인과 생각보다 깊은 인연을 가진 사람일 수도 있었다.

"어쨌든 이젠 좀 더 쉬워졌죠?"

화명이 물었다.

그러자 사송이 고개를 끄떡이며 자리에서 일어났다.

"맞소. 이 정도 단서라면 적어도 조만간 당신들이 전대 북화문주와 머물렀던 첫 번째 마을을 찾을 수는 있을 거요. 단지 시간이 문제지. 아무튼 이젠 정말 좀 주무시구려. 내일은 아침 일찍 떠납시다. 새로운 단서도 생겼으니."

"대협께서도 편히 주무세요."

"그럽시다."

사송이 고개를 끄떡이고는 본래 자신이 누워 있던 모닥불 근처로 걸어갔다.

제3장
붉은 대추나무 마을

　사람 사는 마을을 찾아보기 어려운 촉의 험준한 지형. 그래도 어딘가에는 반드시 사람이 산다.

　험준한 지형에서 살아가는 사람들은 오히려 순박하다. 몸은 거친 환경에 적응하느라 강인하지만, 외인들과의 접촉이 적어 외려 심성은 순박한 경우가 많았다.

　다만 외부 사람을 구경하는 것이 그리 흔치 않은 일이고, 또한 오지 마을을 찾아오는 사람에게는 특별한 이유가 있게 마련이어서 마을에 외지인이 들어오면 호기심 반, 경계심 반의 마음으로 외인들을 주시하는 것은 어쩔 수 없는 일이었다.

　유왕 서리 일행을 보는 산골 여러 마을 사람들 역시 마찬가지였다.

　유왕 서리와 그녀의 제자 공예, 그리고 북화문의 살수 수월이 한 무리를 이뤄 장안을 떠나 사천에 들어온 것도 벌써 보름을 훌쩍 지나고 있었다.

거리로 보자면 더 이상 사천 안쪽으로 들어갈 필요가 없었다. 화명과 수월 두 사람이 전대 북화문주에게 구원을 받아 마차를 타고 장안까지 왔던 거리로는 충분할 만큼 이동했기 때문이다.

그래서 며칠 전부터는 더 이상 전진하지 않고 근방의 마을들을 둘러보고 있는 세 사람이었다.

하지만 그 결과는 무척 실망스러웠다. 어디에도 수월의 기억에 남아 있는 마을이나 장소는 없었다. 더군다나 인근에 풍혈이 있는 마을도 나타나지 않았다.

성과가 없으니 마음이 지치는 것은 당연한 일. 그중 가장 먼저 지친 사람은 어린 공예였다.

물론 공예 역시 이제 곧 스무 살이 될 테지만 그래도 노련한 강호의 고수인 유왕 서리나 살수의 수련을 쌓은 수월에 비할 바가 아니었다.

그래서 작은 반점에 들려 점심 요기를 하는 지금도 공예는 지치고 짜증스러운 모습을 보이고 있었다.

"원숭이가 된 것 같아요."

공예가 자신들을 흘깃거리는 반점의 다른 손님들을 보며 짜증 나는 표정으로 말했다.

"어쩔 수 없는 일이니 요기나 하거라."

유왕 서리가 달래듯 말했다.

"밥도 별로 맛이 없어요."

"이 녀석이 피우지 않던 엄살을 다 피우는구나."

서리가 꾸중을 하는 대신 웃는 표정으로 공예를 보며 말했다. 평소 불평이 많은 공예라면 꾸중을 하겠지만, 사실 공예는 어려서 겪은 고난으로 인해 웬만한 일에는 불평하는 법이 없었다.

그런 공예가 이렇게 투덜거리는 것은 지금까지의 여행이 그만큼 힘에 부치는 여행이란 뜻이었다.

더군다나 서리나 수월은 무공의 능력으로 신체와 정신의 피로를 씻어낼 수 있는 사람들이지만, 공예는 아직 그 정도 수준에는 이르지 못한 소녀였다. 이럴 때는 질책보다는 따뜻한 위로가 필요했다.

"적월 오라버니가 보고 싶어요."

"곧 볼 것 아니냐? 그런데 갑자기 그 아이는 왜?"

"적월 오라버니랑 있으면 심심하지 않잖아요."

공예가 입술을 삐쭉이며 말했다.

"그 말은 우리 같은 늙은이들과는 재미가 없다는 뜻이겠지?"

서리가 웃으며 물었다.

"사실 사부님이나 수월 언니나 말이 없는 사람들이니까요."

공예는 순순히 서리의 말에 수긍했다.

그러자 수월이 말했다.

"미안해, 동생. 그런 면에선 화명이 함께 왔으면 좋았을걸."

"피… 미안할 건 아니죠. 그렇다고 수월 언니가 싫다는 건 아니에요."

"그래? 그건 고맙네."

수월이 조용하게 미소를 지으며 대답했다.

사실 화명과 수월은 쌍둥이 자매이면서도 그 성정은 정반대였다. 화명은 밝고 적극적인 성정을 가지고 있었고, 수월은 조금은 어둡고 조용한 성정을 지닌 여인이었다.

살수로서 보자면 수월의 성정이 어울렸지만, 이렇게 함께 여행을 하는 재미로 보자면 화명 쪽이 좀 더 나은 것은 분명했다.

"오늘 중으로 오실까요? 모두들?"

"글쎄, 보통의 경우라면 자왕 오라버니가 먼저 와 계셔야 하는데. 거리로 보자면 이곳에서 가장 가깝게 움직인 쪽은 자왕 오라버니니까."

공예의 물음에 시리가 내답했다.

"그럼 무슨 일이 있는 걸까요?"

공예가 걱정스러운 표정으로 물었다.

그러자 시리가 고개를 저었다.

"그건 아닐 거다. 단지 자왕 오라버니가 게으름을 피우고 있을 거야."

"헤헤, 하긴 자왕 사백님은 조금 게으른 편이시죠."

"자왕이라는 별호가 부끄러운 일이지."

유왕 서리가 힐난하듯 말했다. 그런데 그때 문득 반점의 입구 쪽에서 투덜거리는 목소리가 들렸다.

"서운하군. 설마 서리 동생이 날 부끄러워할 줄은 몰랐어!"

"사백님!"

공예가 반가운 듯 자리를 차고 일어나며 소리쳤다. 그러자 반점에 있던 몇몇 손님들이 일행을 향해 시선을 돌렸다.

"어허, 웬 경망된 행동이냐?"

유왕 서리가 타박하자 공예가 멋쩍은 표정을 지으며 자리에

앉았다. 그러면서도 자왕 사송의 등장을 반겨하는 표정은 여전
했다.

"어서 오세요."

유왕 서리가 조용한 목소리로 자왕과 화명을 맞았다.

"괜찮아?"

다가온 화명을 보며 수월이 물었다.

"응, 별문제 없었어."

화명이 대답했다.

그러자 다시 자왕이 입을 열었다.

"불사께선 아직인가?"

"그쪽이 가장 멀리 갔으니까요."

서리가 대답했다.

"그렇군. 그나저나 빈손이지?"

마치 확신하듯 자왕이 서리에게 물었다.

"아니, 왜 그렇게 생각하세요?"

"그럼 건진 게 뭐 있어?"

"그야……"

"거 봐. 빈손이잖아?"

자왕 사송이 득의만만한 표정으로 말했다.

"그런 오라버니는 무슨 소득이 있었어요?"

"아마도?"

"뭔데요?"

서리보다 공예가 먼저 물었다. 그러자 사송이 조금 어색한 표
정으로 대답했다.

"솔직히 말하면 내가 한 건 없고, 여기 화 여협께서 과거의 기억을 하나 더 떠올렸지."

"그게 뭔데요?"

공예가 이번에는 화명에게 물었다.

공예는 특별했다. 이 소녀는 불행한 과거를 가졌고, 자신의 어린 손으로 복수까지 끝냈지만 이상하게도 사람에 대한 두려움이나 거리감을 갖고 있지 않았다.

그래서 십이천문의 사람들 모두가 청부자로만 대하는 화명과 수월에게도 마치 오랫동안 알고 지낸 사이처럼 스스럼없이 말을 건네곤 했다.

그런 공예의 행동을 화명과 수월도 부담스럽게 느끼지 않았다. 아마도 공예에게는 사람의 기분을 유쾌하게 만드는 선천적인 능력이 있는 것 같았다.

그래서 이번 질문에도 화명이 망설이지 않고 대답했다.

"응, 우리가 전대 북화문주께 구원을 받고 처음 들렀던 마을 입구에 붉은 대추나무가 있었던 것을 기억해 냈어. 수월, 혹 기억나지 않아? 마을을 떠나던 날 새벽, 마차 안에서 우린 잠결에 그 나무들을 보았잖아?"

그러자 수월이 잠시 생각에 잠겼다.

마치 머릿속에 있는 기억을 강제로 끄집어내려는 듯 아미를 모은 수월에게서 간절함까지 느껴질 정도였다. 그러다가 갑자기 수월이 입을 열었다.

"혹, 적조목?"

"기억하는구나!"

화명이 자신의 기억이 틀리지 않았다는 것을 확인했다는 사실에 환한 웃음을 지으며 말했다.

"그래, 적조목… 적조목이 있었어."

수월이 뭔가에 홀린 사람처럼 말했다.

"허어, 이렇게 되면 십 할 확실하군."

화명에게 적조목에 대한 이야기를 듣고도 여전히 그것이 그녀의 상상 속에서 이뤄진 일일 수도 있다는 일말의 불안감을 가지고 있던 자왕 사송이 이젠 더 이상 의심할 것이 없다는 듯 말했다.

"정말 세상에 붉은 대추나무가 있나요?"

공예가 믿을 수 없다는 듯 중얼거렸다.

그러자 유왕 서리가 말했다.

"한 사람이라면 몰라도 두 사람이 잘못된 기억을 공유할 수는 없다. 그런데 오라버니, 적조목이 있는 마을을 찾아보기는 하셨어요?"

"음, 오는 길에 마을 몇 군데를 돌아봤는데 적조목을 발견하지는 못했어."

사송이 아쉬운 표정으로 말했다.

"설마 사천의 모든 마을을 하나하나 뒤져서 적조목을 찾겠다고 생각한 건 아니죠?"

서리가 혹시나 하는 표정으로 물었다.

"그럼 무슨 다른 방법이 있어?"

사송이 되물었다.

"어이구, 이 미련한 오라버니 같으니라고. 평소에는 지나치게 머리를 빨리 써서 문제더니 어떤 때는 이렇게 미련하게 구신다니까."

"그럼 쉽게 찾을 수 있는 방법이 있다는 거야?"

"물어보면 되죠."

"물어봐? 누구에게?"

"당연히 이 근방의 토박이들에게 물어봐야죠. 아, 장사치들이면 더 좋겠군요. 작은 마을들을 찾아다니면서 장사를 하는 사람들이면 더더욱 좋아요. 적조목같이 특별한 나무들을 사람들이 그냥 지나치지는 않으니까요."

"어라, 듣고 보니 정말 그러네. 굳이 다리 아프게 돌아다닐 필요가 없구나. 어이구, 이 미련퉁이."

사송이 생각보다 너무 쉬운 방법이 있다는 것을 떠올리고는 스스로를 자책했다.

"그럼 당장 알아봐요?"

공예가 말했다.

"먼저 반점의 주인에게 물어보죠."

수월이 정색을 한 표정으로 말하면서 손님이 별로 없어 계산대 옆쪽에 앉아 꾸벅꾸벅 졸고 있는 반점 주인을 보며 말했다.

"그러자고! 소뿔도 단김에 뽑으랬다고 미룰 일은 아니지. 이보시오, 주인장!"

자왕 사송이 반점 주인을 불렀다.

사송의 부름에 반점 주인이 퍼뜩 선잠에서 깨어나 사송을 보며 물었다.

"무, 무슨 일입니까?"

"잠깐 이리 좀 와보시오."

사송의 부름에 반점 주인이 주적주적 자리에서 일어나 게으른 걸음으로 일행이 앉아 있는 탁자 앞으로 다가왔다.

"음식을 더 시키시게요? 하긴 일행이 늘었으니 이것으론 부족하겠군요."

음식을 주문하는 일이 아니라면 반드시 화를 낼 표정으로 반점 주인이 말했다.

그러자 자왕 사송이 조금 뻘쭘한 표정을 짓다가 인심 쓰듯 말했다.

"좋소. 여기 만두 두 접시하고, 소면 두 그릇, 그리고 술 한 병 더 내어주시오."

"아, 그럴까요?"

없는 손님에 이 정도 주문이면 만족한다는 듯 반점 주인이 반색하며 말했다.

"뭐, 음식은 천천히 내와도 좋소. 아직 기다리는 사람도 있고."

"아, 그러시군요. 알겠습니다."

반점 주인이 또 다른 손님이 온다는 말에 기쁜 기색을 드러내며 대답했다.

"그나저나 주인장."

"예, 손님!"

"혹시 근방에서 붉은 대추나무… 그러니까 적조목이 있는 마을에 대해선 듣지 못했소?"

"붉은 대추나무요?"

주인이 되물었다.

"그렇소. 혹시 들어보셨소?"

"적조목이라… 가만 있자."

반점 주인이 기억을 떠올리려는 듯 생각에 잠기는데 문득 조금 떨어진 곳에서 요기를 하고 있던 중년 사내가 입을 열었다.

"적조목이 있는 마을을 찾으시오?"

"아, 아십니까?"

반점 주인이 자왕 등을 대신해서 물었다.

"음, 내 한 번 본 적이 있소. 그런데 적조목이 있는 그 마을은 아주 오지에 있는 마을인데. 나같이 떠돌이 장사꾼들도 잘 가지 않는 곳이라오. 가는 길도 험하고 중도에 산적들도 있어서. 적조목에서 나는 대추들이 약재로 쓰인다 하여 약재상들이나 일 년에 한 번 정도 가는 마을인데……."

중년 사내가 적조목이 있는 마을까지의 여행을 권하고 싶지 않다는 듯 말했다.

"그 마을이 어디에 있소?"

자왕 사송이 뒤늦게 물었다.

"거리가 아주 멀지는 않소. 여기서 말을 타고 가면, 닷새면 갈 수 있을 거요."

사내가 대답했다.

"마을 이름이 무엇이오? 혹 가는 길을 자세히 알려주실 수 있겠소?"

자왕이 다시 물었다.

그러자 중년 사내가 고개를 끄떡였다.

"뭐, 그럽시다. 어려운 일도 아니고. 에… 마을 이름은 운하촌이라고 하는데, 사시사철 안개가 많아 그렇게 부른다오."

"그렇구려. 주인장!"

사송이 반점 주인을 불렀다.

"예, 손님!"

"반점에서 가장 좋은 요리와 술을 내어주시오."

"요리와 술을요?"

"그렇소. 적조목을 찾는 일은 사실 우리에겐 무척 중요한 일이오. 그런데 적조목이 있는 마을을 알려주신다는데 대접을 아니할 수 없지 않겠소?"

"아, 물론 그렇지요. 그렇지요."

어떤 이유로든 매상이 오르는 일을 마다할 장사꾼은 없다. 반점 주인이 얼른 대답을 하고는 서둘러 주방으로 달려갔다.

그러자 사송이 자리에서 일어나 중년 장사꾼이 앉아 있는 곳으로 걸어갔다.

"자, 좀 더 자세히 말씀해 주시구려. 필요하다면 사례는 충분히 하겠소."

"사례는 무슨, 그저 아는 길 알려주는 건데. 거, 주문하신 술 한 병이면 족하오."

중년의 장사치가 사람 좋은 표정을 지으며 대답했다.

*   *   *

"그래서 결국 알아내셨군요?"

적월이 흥분한 얼굴로 물었다.

"음, 사람이 아주 신실하더라고. 욕심도 없고. 보통의 장사치라면 분명 대가를 요구했을 텐데."

사송이 대답했다.

어느새 십이천문 일행은 자리를 옮겨 마을의 허름한 객방에 모두 모여 있었다.

가장 늦게 마을에 도착한 불사 나왕과 적월도 합류해 있었는데, 그들은 뒤늦게 적조목과 그 적조목이 있는 운하촌이라는 마을에 대해 사송으로부터 설명을 듣고 있었다.

"내일 출발합시다."

미룰 일이 아니라는 듯 불사 나왕이 말했다.

"그럽시다. 일단 그곳에 가면 근방에 있는 풍혈을 찾을 수 있을 것이오."

사송이 고개를 끄떡였다.

"그럼 이제 모두 함께 가나요?"

공예가 물었다.

"목적지가 정해졌으니 따로 다닐 일은 없지."

사송이 대답하자 공예의 얼굴이 밝아졌다.

"아, 다행이다. 그동안 너무 심심했는데."

"이것아, 우린 지금 일을 하고 있는 거야. 그런데 심심하다니. 어떤 청부든 우리 같은 사람은 신중하고 진지하게 해내야 하는 법이다."

서리의 말에 공예가 입을 삐쭉이면서 대답했다.

"그래도요. 사부님과 수월 언니는 너무 재미가 없는 분들이란 말이죠."

"하하하! 예의 말이 맞긴 하지. 네 사부는 정말 재미가 없는 사람이지. 하지만 이제 걱정 말거라. 이 사백이 심심하지 않게 해줄 테니."

자왕 사송이 웃음을 터뜨리며 말했다.

일행은 그다음 날 즉시 길을 떠났다. 길을 떠나기 전 작은 마차를 한 대 빌렸는데, 아무래도 여러 사람이 오지를 여행하려면 가져가야 할 물건들이 많기 때문이었다.

적조목의 위치를 확실하게 알았기에 길을 떠나는 일행의 마음은 가벼웠다. 물론 그곳에서부터 자신들이 과거를 찾아 나가야 하는 화명과 수월, 두 여인은 달랐지만······.

*   *   *

후우웅! 후우웅!

바람이 불 때마다 누군가 우는 듯한 소리가 들리는 듯했다. 무성한 가지에서 흘러나오는 바람 소리는 신령스러운 느낌마저 들었다.

이십여 그루의 대추나무, 그 아름드리나무에서 자라난 무성한 잎들이 아침저녁이면 그렇게 신령스럽게 울어댔다.

물론 한낮의 밝은 태양 아래에선 전혀 다른 모습을 보이기도 했다. 뜨거운 여름에는 햇빛을 막아주는 고마운 존재였고, 한겨울이나 비바람이 몰아칠 때에도 사람들에게 넉넉한 피신처를 내주는 친숙한 나무들이었다.

그러나 그럼에도 불구하고 사람들은 이 대추나무 군락을 신령스러운 모습으로 바라봤다.

단지 그것이 아침저녁으로 만들어내는 바람 소리 때문은 아니었다. 그보다는 대추나무 기둥 아래쪽으로 내려갈수록 선명하게 드러나는 핏빛의 붉은색 기둥 때문이었다.

나뭇잎들이 무성하게 자란 중간 이상은 다른 대추나무들과 다를 바 없는데 유독 그 아래쪽은 붉은빛을 흘러내는 신비한 대추나무들을, 사람들은 적조목이라 부르면서 두려움이 내포된 신령스러운 존재로 대하고 있었다.

물론 적조목들이 단지 신령스러운 대상만은 아니었다. 가을이 깊으면 한 해 수십 자루의 대추를 쏟아내 마을 사람들에게 적지 않은 소득을 안겨주기도 했다.

특히나 이 붉은 대추나무, 사람들이 적조목이라 부르는 나무에서 나는 대추는 의원들이 귀한 약재로 여길 만큼 특별한 약효가 있어서 다른 대추보다 서너 배는 더 비싼 가격으로 팔 수 있었다.

후두둑!

깊어가는 가을, 사시사철 안개가 많기로 유명한 운하촌에선 아침부터 우박 떨어지는 소리가 나고 있었다.

물론 맑은 하늘에서 우박이 떨어질 리 없었다. 소리는 마을 입구에 신령스럽게 자란 붉은 대추나무 군락에서 나고 있었다. 그리고 그곳에는 마을 사람들 대부분이 모여 있었다.

개중 날렵한 사내들은 적조목을 타고 올라가 긴 장대로 대추를 털고 있었고, 나무 아래선 여인들이나 노인들이 떨어진 대추들을 커다란 자루에 쓸어 담고 있었다.

"어허! 올해는 정말 풍년이군. 몇 해 만에 이렇게 많은 대추가 달린 거지?"

노인 한 명이 부지런히 일하는 마을 사람들을 보고 있다가 곁에 있던 다른 노인에게 물었다.

"한 삼 년 흉년이었지요?"

다른 노인이 대답했다.

"삼 년… 그렇군. 삼 년쯤 되었군. 후우! 늙으니 세월이 참 빨라."

"그러게 말입니다. 촌장님과 저도 이젠 관 속에 들어갈 날이 얼마 남지 않은 것 같습니다."

함께 서 있던 노인이 맞장구를 쳤다.

"허허, 그 사람 말을 참… 정말 얼마나 더 이 대추 수확을 볼 수 있을까? 일 년 중 이때가 가장 즐거운 시절인데……."

흘러가는 세월을 아쉬워하며, 노인이 힘겹게 허리를 숙여 서너 알의 대추를 들어 올렸다.

그러고는 곁의 노인에게 한 알을 권하고 자신도 붉은 대추 한 알을 입에 넣고 우물거렸다.

"정말 좋아. 이 맛은… 죽어서도 잊을 수가 없을 것 같아."

"그런 말씀을 하시는 걸 보니 촌장님과 전 아직 죽을 때는 아닌 듯합니다. 사람이 음식의 맛이 즐거우면 살 기운이 남아 있다는 뜻 아니겠습니까?"

옆의 노인이 농을 던졌다.

"하하하, 그런가. 가만, 그런데 누가 오는구먼?"

노인의 시선이 갑자기 붉은 대추나무 앞쪽으로 이어진 길로 향했다. 좁고 불편하기는 하지만 마차 한 대 다닐 정도는 되는 길을 따라 말발굽 소리가 들려왔다.

"이상하군요. 이른 아침에 손님이라니. 더군다나 우리 운하촌에 말입니다."

"음, 그렇군. 오랜만에 오는 손님이지?"

"대추를 딸 때가 됐다는 것을 아는 자들이면 지금쯤 올 수도 있지요. 귀한 물건이라 금세 동이 나니까 아침 일찍 왔나 봅니다."

"아무튼 이번에는 값을 좀 더 올려 받으세."

"아이구, 촌장 나리. 알겠습니다. 그리하지요."

친구 노인이 짐짓 허리를 굽히며 공손하게 대답했다.

"언니, 여기가 맞아요?"

마차 안에서 대추를 터는 운하촌 사람들의 모습을 지켜보고 있는 화명에게 공예가 물었다.

"응? 뭐라고?"

잠깐 다른 생각을 하느라 공예의 질문을 제대로 듣지 못한 화명이 공예에게 되물었다.

"이곳이 그곳이 맞냐고요?"

"그런 것 같아. 그렇지?"

화명이 확인하듯 옆에서 이동하는 수월에게 물었다.

"그러게. 본 것 같은 풍경이기는 하네."

"헤헤, 그럼 제대로 찾아온 거네요."

공예가 다행이라는 듯 말했다.

"더 가봅시다. 마침 대추를 터는 듯하니, 대추를 사러 왔다고 말해도 좋을 것 같고."

나왕이 말했다.

"그렇게까지 조심할 필요가 있을까요?"

유왕 서리가 물었다.

"그래도 혹시 모르는 것 아니오? 누군가 우리 일행을 눈여겨 볼 수도 있으니까. 여행 중에 이곳 대추의 약효가 뛰어나단 소리를 듣고 들러봤다고 합시다."

"뭐, 그렇게 하죠. 나쁠 것은 없으니까."

대답을 하면서도 유왕 서리는 불사 나왕의 걱정이 지나치다고 생각하는 듯 보였다.

아무튼 일행은 좀 더 마차를 몰고 마을 안쪽으로 들어갔다. 그러자 앞서 일행이 오는 것을 발견했던 두 노인이 어느새 길 앞까지 나와 일행을 맞았다.

"어떻게 오시는 분들이오?"

촌장이라 불렸던 노인이 물었다. 대추를 털던 사람들도 잠시 일손을 멈추고 십이천문 일행에게 시선을 주었다.

"사천을 여행 중인 사람들인데 이곳 운하촌의 대추가 유명하다고 해서 조금 구해 갈까 하고 들렀소이다."

사송이 대답했다.

"그렇소? 특이한 분들이구려. 본래는 약재상들이나 오는 곳인데……."

"약재상에게만 판다는 말이오?"

사송이 실망한 표정으로 물었다.

"아, 뭐 그런 것은 아니오. 값만 맞는다면 누구에게든 못 팔겠소."

"값이야 후하게 쳐드리지. 아니, 일부러 이곳까지 왔는데 조금 깎아주시려나?"

사송이 슬쩍 흥정을 붙였다.

"뭐, 달리 깎아드릴 것은 없고, 여기서 약재상들에게 넘기는 값에 주겠소. 그만해도 시중에서 사는 것보다는 반절 정도 쌀 거요."

"하하, 먼 곳까지 온 보람이 있구먼. 반절의 값이라."

사송이 기분 좋은 웃음을 터뜨렸다.

그러자 촌장 노인이 물었다.

"얼마나 머무실 거요? 대추만 사서 바로 가시게?"

"대추는 겸사겸사고 사실은 오지의 비경을 여행하는 게 주목적이외다. 혹, 근처에 구경할 곳이 있소이까?"

사송이 되묻자 촌장이 고개를 끄떡였다.

"외진 곳이라 오기가 힘들어서 그렇지 돌아보면 구경할 곳은 제법 있소."

"묵을 곳은……?"

"외지인이 많이 찾는 곳이 아니라 고급 객잔은 없소. 그저 여행객들에게 방과 음식을 내어주는 허름한 주막 같은 곳은 한 곳 있는데……."

"소개해 주시겠소?"

사송이 망설이지 않고 물었다.

"허허, 진정한 여행객이시군. 편한 잠자리를 찾지 않는 것을 보면……."

"잘 곳이 없으면 야숙을 할 준비도 되어 있소."

"그렇구려. 어쨌든 일단 주막으로 가봅시다. 따라오시오."

촌장이 앞서서 십이천문 일행을 안내하기 시작했다.

가끔씩 손님이 온다는 허름한 주막은 촌장의 말과 달리 무척 정갈했다. 물론 화려한 곳은 아니었다. 오래되어 낡은 집을 주막으로 쓰고 있었는데 주막 주인이 부지런해서인지 먼지 하나 없이 깨끗하게 관리되고 있었다.

"공산댁! 손님이야!"

주막에 들어서며 촌장이 큰 소리로 외쳤다. 마치 자신이 손님인 것처럼 당당한 모습니다.

촌장의 외침에 주막 안에서 중년 여인이 모습을 드러냈다.

"아이고, 촌장님 오셨어요?"

수더분하게 생긴 중년 여인이 촌장에게 머리를 숙여 인사했다. 촌장이 마을에서 제법 존경받는 인물임이 여실히 드러나는 모습이다.

"흐흠, 이 사람아. 날 맞을 것이 아니라 손님을 맞아야지."

손님을 제쳐두고 자신에게 인사를 하는 주막 주인을 촌장 노인이 타박했다.

"그래도 언제나 촌장님이 먼저지요. 살길을 열어주신 분인데… 그런데 손님들은……?"

주막 주인이 그제야 십이천문의 사람들에게 관심을 보였다.

"여행도 하고 겸사겸사 대추도 사러 오셨는데 며칠 묵어가신다네. 방을 잘 치워놨지?"

촌장이 물었다.

"그럼요. 손님이 많지 않아도 방은 언제나 매일 청소하는걸요."

"그래그래. 그래야지. 유비무환이라고… 저기, 이쪽이 주막 주인이요. 공산댁이라고, 음식 솜씨도 좋으니 제법 먹을 만할 거요."

촌장 노인이 뒤늦게 주막 여인을 십이천문 일행에게 소개했다. 그러자 마차 위에 앉아 있던 사송이 입을 열었다.

"잘 부탁하겠소."

"아이고, 걱정 마세요. 누추하지만 편하게 머무실 수 있을 겁니다."

주막 여인이 사람 좋은 웃음을 지어 보이며 말했다. 그러자 사송이 마차 안에 타고 있던 서리와 공예, 그리고 적월에게 말했다.

"자, 그만 내리지?"

사송의 말에 마차 문이 열리면서 세 사람 밖으로 나왔다.

"모두 일곱 분이시군요. 그럼 방 두 개를 드려야겠네. 사내분들은 사내분들끼리, 여자분들은 또 따로 드리지요. 그런데… 혹 부부가 계신가요?"

"허험, 그건 아니오."

사송이 당황한 표정으로 대답했다.

"그런가요? 알겠습니다. 그럼 이쪽으로 오세요."

주막 주인이 일행을 이끌고 두 채의 주막 건물 중 손님들이 묵는 방이 있는 곳으로 데려갔다.

그런데 일행이 주막 주인을 따라가자 촌장 노인의 표정이 어두워졌다.

"이상한 일이군. 일곱이나 되는 인원에 나이들도 제법 있는데 부부인 사람이 없다니. 그럼 결국 한 가족은 아니라는 이야긴데. 음… 어떤 관계들인가?"

촌장 노인이 탐색하듯 십이천문 일행을 주시했다.

그런 그의 눈에서 평범한 사람에게선 절대 볼 수 없는 날카로운 안광이 흘러나오고 있었다.

*　　　*　　　*

정오 무렵이 되자 운하촌을 휘감던 짙은 안개도 완전히 걷혔다. 안개가 걷힌 운하촌은 다른 어떤 촌락보다도 아름다웠다.

문을 열고 나서면 눈앞에 고산준령이 장관으로 펼쳐졌고, 주변의 수목들도 적어도 백 년 이상은 됨 직한 나무들로 가득 차 있었다.

운하촌은 삼십여 채의 초가와 기와집이 어우러져 마을을 이루고 있었는데, 외딴 산속에 위치한 마을치고는 제법 부유한 티가 나는 마을이었다.

그리고 그 부의 원천은 사람이었다.

"촌장님 덕분에 모두 이렇게 잘살고 있는 것이지요."

십이천문 일행이 요기를 하기 위해 주막의 평상에 나와 앉아 있던 중, 촌락의 사정이 넉넉해 보인다는 사송의 질문에 주막의 주인 공산댁은 그 공을 촌장 노인에게 돌렸다.

"그전에는 가난했다는 말이오?"

사송이 다시 물었다.

"사실 저도 이 마을에 온 지가 십여 년밖에 되지 않아 그전 사정은 잘 모르지요. 하지만 마을 사람들 말로는 촌장께서 이 마을에 오신 이후부터 마을 사정이 부쩍 좋아졌다고 하더군요."

"그 말은 촌장 노인도 이 마을 토박이가 아니라는 말이구료?"

"그렇지요. 하지만 뭐 거의 토박이나 다름없지요. 이곳에 사신 지 서른 해가 다 되어가니까⋯⋯."

"삼십 년이라. 그럼 뭐 토박이라고 해야지."

사송이 고개를 끄떡였다.

그러자 듣고 있던 유왕 서리가 공산댁에게 물었다.

"그런데 무슨 수로 촌장께서 이 산골 오지 마을의 살림을 넉넉하게 만들었다는 건가요?"

"애초에 이 마을 사람들은 화전을 일구고, 산에서 캔 약초를 팔아 연명하는 정도로 살고 있었다고 해요. 그때는 가구 수도 이십여 가구가 채 되지 않았고. 그런데 어느 핸가 촌장께서 다섯 가구의 사람들을 데리고 이곳에 왔다고 하더군요. 처음에는 마을 사람들이 그런 촌장님 일행을 반기지 않았다더군요. 가뜩이나 어려운 살림에 화전을 일굴 땅을 나누는 것도 꺼려했고요."

"아무래도 그렇겠지요. 땅이 부족한데 사람이 늘어나는 것은 누구라도 반길 일은 아니지요."

서리가 고개를 끄떡였다.

그러자 공산댁이 얼른 말을 이었다.

"그런데 촌장께서는 이 마을에 당신들 일행이 정착할 수 있게 해준다면 적지 않은 금자를 내놓겠다고 약속하셨다고 해요. 그리고 또한 자신들이 절대 마을 사람들의 생활을 어렵게 하지 않고, 오히려 풍족하게 살 수 있는 방도를 마련해 보겠다고까지 했다더군요."

"그 말을 믿고 촌장님 일행을 받아들였다는 건가요?"

미심쩍은 구석이 많은 약속이다.

"물론 그런 약속을 쉽게 믿을 사람은 없지요. 하지만 눈앞에 정말 금 일천 냥을 내놓는 사람이 있다면 일단은 받아들이지 않겠어요?"

공산댁이 되물었다.

"금 일천 냥!"

서리가 놀란 듯 되뇌였다.

대상인도 결코 내놓기 쉽지 않은 액수다.

"촌장께선 그 자리에서 금 일천 냥을 내놓으셨다고 해요. 그리고 그 금자로 지금 이 마을이 제대로 된 모습을 갖추게 된 거라더군요. 그전에는 움막이나 짓고 사는 정도였고요."

그제서야 일행은 이 깊은 오지 마을에 기와집이 있고, 또 제대로 된 마을이 형성된 이유를 알 수 있었다. 이 모든 것은 결국 삼십 년 전 촌장이 내놓은 금자를 기반으로 한 것이었다.

"허험, 아니, 금자가 일천 냥이나 있는 사람이 왜 이런 오지로 왔을까? 혹 쫓기는 사람은 아니었소?"

사송이 의심스러운 표정으로 물었다.

그러자 공산댁의 표정이 일변했다. 마치 자신이 욕설을 들은 것처럼 불쾌한 표정을 지은 공산댁이 차갑게 말했다.

"촌장님은 결코 죄를 짓거나 할 분이 아니에요. 사사로운 욕심이 없는 분입니다."

정색을 한 공산댁의 반박에 사송이 뻘쭘한 표정이 되었다.

그러자 곁에 있던 유왕 서리가 물었다.

"그럼 그분은 과거에 뭘 하던 분이신가요? 금 일천 냥 정도를 내놓으실 정도면 큰 상인이셨나요?"

"글쎄요. 저도 촌장님이 이곳에 오시기 전 뭘 하셨는지는 몰라요. 단지, 함께 온 사람들 말로는 객잔이나 주루 같은 것을 하셨던 것 같은데……."

순간 십이천문 사람들의 눈빛이 반짝였다. 누구라도 그 순간 북화문을 떠올리지 않을 수 없었다.

전대 북화문주가 이 근방에서 화명과 수월 두 여인을 구했다는 것, 그리고 이 마을에서 하룻밤을 머물렀다는 것과 그 오 년 전에 주루를 하던 촌장이 이곳에 정착했다는 것이 우연치고는 묘한 인연이었다.

하지만 그렇다고 촌장 노인이 북화문과 연관이 있다고 확신할 수도 없었다.

비록 남북화문의 기루와 주루들이 천하에 산재해 있다고 하지만 항주나 개봉에서 멀리 떨어진 사천까지 영향력을 가진 것은 아니기 때문이었다.

"성도나 뭐 대도에서 주루를 하신 모양이군. 그렇게 큰 금자를 버신 것을 보면……."

사송이 떠보듯 슬쩍 말했다.

촌장 노인이 기루를 가지고 있던 장소가 어디냐에 따라 북화문과의 인연을 생각해 볼 수 있기 때문이었다.

"글쎄요. 그것까지는 저도 잘 모르겠군요."

공산댁이 사송에 대한 화가 풀렸는지 다시 수더분한 모습으로 돌아와 고개를 저었다.

"아무튼 대단한 분은 대단한 분이시군. 큰 가업을 정리하고 속세를 떠나 은거해 살 생각을 하시다니."

사송이 넌지시 촌장 노인을 추켜세웠다.

그러자 공산댁이 얼굴에 미소를 지으며 대답했다.

"정말 대단하신 분이 맞아요. 금 일천 냥을 내놓으신 것에 더해 이후 적조목의 대추들을 약재상들과 흥정해 비싸게 팔 방도를 찾으셨고, 귀한 약초를 사람들에게 가르쳐 줘서 그 이전보다 훨씬 많은 벌이를 할 수 있게 해주셨으니까요."

"음… 그거야말로 천금을 내놓은 것보다 중요한 일이구려."

사송이 고개를 끄떡였다. 한 번에 천금을 내놓는 것보다 평생 살아갈 방도를 찾아주는 것이 훨씬 가치 있는 일이기 때문이었다.

"그래서 마을 사람들은 모두 촌장님을 큰 은인으로 생각하죠. 뭐, 촌장님을 그런 공치사는 별로 신경 쓰지 않으시지만……."

공산댁이 자랑하듯 말했다.

그런데 그때 지금까지 침묵을 지키고 있던 불사 나왕이 불쑥 물었다.

"그런데 이 근방에 풍혈이 있다던데 혹 아시오?"

나왕은 이 마을의 촌장에 대한 이야기로 시간을 보내는 사송과 유왕 서리와는 다른 성정의 사람이었다. 그는 본래 과단한 사람이라 본론에 바로 접근하는 편이었다.

"풍혈이오?"

공산댁이 되물었다.

"그렇소."

"풍혈은 왜……? 이 늦가을에……."

본래 풍혈은 사시사철 찬바람이 나오는 곳이라 가을, 겨울보다는 더운 여름에 즐겨 찾는 곳이었다.

그런데 지금은 계절이 늦가을이라 풍혈을 찾기에는 너무 늦은 계절이었다.

"있기는 한가 보구려."

"예, 하룻길을 가면 벼락재라는 곳에 있는데 그 부근에 있긴 합니다만……."

"하루라. 그럼 다녀오려면 하룻밤 노숙을 해야겠구려?"

"뭐, 그렇긴 하지요. 그런데 풍혈은 왜……?"

공산댁이 다시 물었다.

그러자 나왕이 더 이상 할 말 없다는 듯 엉뚱한 대답을 했다.

"거, 촌장 어른 말대로 음식 솜씨가 좋구려. 고깃국 한 그릇 더 내주시오."

제4장
먼 기억 속에서

"풍혈을 찾았다고?"

촌장 노인이 밤늦게 자신을 찾아온 주막 주인, 공산댁에게 되물었다.

"예, 어르신!"

"이유는 말 안 하고?"

"그냥… 소문을 듣고 구경이나 하려 한다고 하더군요."

"소문? 벼락재의 풍혈은 세상에 알려진 장소가 아니네. 소문으로 알 수 있는 곳이 아니지."

"정확한 위치를 알고 있었던 것은 아닙니다. 그냥 근처에 풍혈이 있냐는 질문이었습니다. 벼락재 풍혈은 제가 말해준 것입니다만……"

"음, 그렇다면 정말 여행을 하는 것일 수도 있겠군. 하지만……."

촌장 노인이 어두운 표정을 지으며 말꼬리를 흐렸다.

"달리 걱정되시는 일이라도 있으신지요?"

공산댁이 물었다.

"무공을 지닌 사람들이야."

"예?"

"그 사람들 말이야. 모두 무공을 수련한 무인들이네."

"그런… 가요?"

"자네가 눈치채지 못했다는 것은 그들 모두 고수란 뜻이고, 하아! 그저 무인들의 여행일 뿐이라면 좋겠는데……."

"설마 아직도 촌장 어른을 찾는 사람이 있겠습니까? 장장 삼십 년입니다."

"강호란 곳이 그래. 인연이 아주 질긴 곳이지. 악연이든 선연이든 말이야. 죽는 날까지도 원한을 가진 자가 찾아와 숨이 넘어가는 사람 심장에 칼을 꽂아 복수하는 곳이니까."

"하지만 촌장님이 누구에게 그런 원한을 산 것은 아니지 않습니까? 단지… 강호에서 몸을 피하셨을 뿐이지요."

"후우, 생각하기에 따라서는……."

"그리고 만약 촌장님을 찾아온 자들이라면 이런 식으로 오지는 않았을 겁니다. 그리고 나이들이 너무……."

"젊지?"

촌장 노인이 물었다.

"맞습니다. 너무 젊지요. 촌장님을 기억하는 사람들로서는……."

"좋아. 알겠네. 그래도 일단은 유심히 지켜보게. 특별한 일이 있으면 바로 연락하고."

"알겠습니다."

"그리고 아예 풍혈을 안내할 사람을 붙여보게."

"아, 그게 좋겠군요."

공산댁이 고개를 끄떡였다.

"그럼 수고하게. 오랜만에 긴장해 보는군."

"너무 걱정 마십시오. 별일 없을 겁니다."

"하긴 별일이야 있겠나? 강호를 떠난 지 이미 삼십 년인데. 가보게."

촌장 노인의 말에 공산댁이 고개를 숙여 보이고는 조심스럽게 촌장의 처소를 벗어났다.

그러자 노인이 열린 문으로 밤하늘을 보며 중얼거렸다.

"문주께서 돌아가신 이후에는 내가 이곳에 정착했다는 사실을 아는 사람은 없다. 설혹, 당대의 문주라 해도 내가 이곳에 있다는 것을 알지 못한다. 문주께서 나의 존재를 완전히 지우겠다고 하셨으니까. 그렇다면 역시 날 찾아온 자들은 아닌 것 같아. 그럼 대체 무슨 일로 이 오지까지 온 것일까?"

촌장 노인이 손으로 턱을 괴며 깊은 생각에 빠졌다.

일행 모두 일찍 일어나기는 했지만, 화명과 수월만큼 빨리 일어난 사람들은 없었다.

두 여인은 아직 사람들이 잠들어 있는 시간에 일어나 산책을 하려는 듯 운하촌 안쪽으로 걸어 들어갔다.

물론 이른 시간이지만 혹시라도 있을 아침 손님들을 위해 새벽부터 음식을 장만하고 있던 공산댁도 두 여인이 산보를 나가는 것을 지켜봤다.

공산댁은 아침 안개 속으로 사라지는 화명과 수월 두 여인을 잠시 바라보고는 다시 아침을 준비하기 시작했다.

화명과 수월의 산보는 그리 오래 걸리지 않았다. 두 여인은 반 시진이 지나지 않아 다시 주막으로 돌아왔고, 그즈음에는 십이천문 사람들도 모두 잠에서 깨어나 안개가 짙게 드리워진 운하촌의 풍경을 구경하고 있었다.

이리저리 쓸려 다니는 아침 안개가 마치 파도 위에 마을이 지어진 듯한 풍경을 만들었다.

"어딜 다녀오세요?"

안개를 뚫고 걸어오는 화명과 수월을 제일 먼저 발견한 사람은 공예였다.

"응, 잠시 산보를 다녀왔어."

화명이 마루에 걸터앉으며 말했다.

"마을은 돌아보셨어요?"

"응."

"어때요?"

"뭐, 그냥 그렇지. 안개가 많아서 제대로 볼 수가 없더라고. 하지만 아름다운 곳인 것 같아."

"풋!"

화명의 말에 공예가 작은 웃음을 터뜨렸다.

"왜?"

화명이 묻자 공예가 목소리를 낮추며 말했다.

"무서운 살수 언니가 아름답다는 말을 하니까, 이상해서요."

"말을 함부로 하는구나."

공예의 뒤에서 가부좌를 틀고 앉아 있던 유왕 서리가 공예를 꾸중했다.

"괜찮습니다. 사실인걸요."

화명이 개의치 않는다는 듯 고개를 저었다.

비록 어두운 과거지만, 그녀와 수월이 북화문의 살수로 살아온 것은 분명한 사실이었다. 그리고 살수로 살았다고는 하나 무리한 일이나 부정한 살인을 한 적도 없었다. 대체로 그녀들은 죽어 마땅한 자들에게만 검을 썼었다.

북화문의 특성상 죽은 자들 대부분이 포악하게 아녀자를 겁간하거나 기녀들을 협박하는 자들이었다. 그래서 화명과 수월은 비록 살수로 살았지만 그에 대한 죄책감 같은 것은 크지 않았다.

"어린아이 버릇을 나쁘게 만들 수 있네."

서리가 공예를 감싸는 화명에게 주의를 줬다.

"유왕 어르신께나 어린애지 예도 이젠 다 컸지요. 이제 곧 스물인데요."

"헤헤, 맞아요. 하여간 사부님만······."

"요 녀석, 모든 사람이 널 예뻐해 주니 갈수록 버릇이 없어지는구나."

서리가 혀를 찼다.

그런데 그때 주막의 부엌에서 공산댁이 나오며 사람들에게 물었다.

"시간이 이르긴 하지만 식사를 하시겠습니까?"

"벌써 준비가 되었나요?"

화명이 물었다.

"그럼요. 가끔 아침 손님이 있어서 항상 일찍 음식을 준비하는 편입니다."

"어떡할까요?"

화명이 서리에게 물었다. 비록 청부자의 입장이지만 화명과 수월은 마치 그녀들이 십이천문의 문도인 것처럼 불사 나왕과 자왕 사송, 그리고 유왕 서리에게 모든 결정을 맡기고 있었다.

"일찍 움직이는 것도 좋겠지."

유왕 서리가 고개를 끄덕였다.

그러자 화명이 공산댁에게 말했다.

"그럼 식사를 준비해 주세요."

"네. 그러지요. 그런데 오늘 풍혈에 가시렵니까?"

"네 그렇게 하려고요."

화명이 대답했다.

"음, 길은 있지만, 험하고 끊기는 곳도 있어 가끔 길을 잃는 사람도 있지요. 필요하시다면 안내할 사람을 소개해 드릴 수도 있습니다만."

공산댁의 말에 화명이 다시 유왕 서리를 바라봤다. 그러자 유왕 서리가 고개를 끄떡였다.

"그럼 사람을 불러주세요."

서리의 동의가 있자 화명이 공산댁에게 말했다.

"알겠습니다. 식사하시는 중에 불리오지요."

공산댁이 대답했다.

"그렇게 해주세요. 삯은 선불이겠죠?"

화명이 품속에서 전낭을 꺼내 은자 다섯 개를 공산댁에게 건넸다.

"아이구, 셈도 밝으셔라."

생각보다 많은 은자에 공산댁이 급히 은자를 받아 챙기고는 부지런히 부엌으로 들어갔다.

"이평이라 합니다."

식사를 마치고 길을 떠날 준비를 마칠 즈음 주막의 주인 공산댁이 날렵한 체구를 지닌 사내를 데려왔다. 나이는 얼추 삼십대 중반, 그럼에도 노련한 눈빛을 지닌 사내였다.

"근방 지리에 무척 밝은 사람입니다. 어려서부터 산을 타서 길을 잃을 염려가 없지요. 뭐, 벼락재 풍혈까지는 가는 데 별일이 생길 것은 없겠지만."

"잘 부탁하오."

사송이 나서서 이평이라는 사내를 맞았다.

"그리 험한 길은 아니니 걱정 마십시오."

이평이 덤덤하게 대답했다.

"자, 그럼 갑시다."

사송이 자신이 먼저 걸음을 옮겼다. 그러자 십이천문의 사람들이 분분히 자리에서 일어나 주막을 떠나기 시작했다.

사내 이평은 어느새 일행 앞으로 나와 안내하듯 걸음을 재촉

하고 있었다.

그렇게 일행이 떠나자 공산댁이 혼잣말을 중얼거렸다.

"그러고 보니 특별한 사람들이긴 하네. 이틀 길을 가는데 말을 두고 가다니. 역시 무인들이란 말이 맞나 보군."

*　　　　　*　　　　　*

수직으로 서 있는 절벽들, 고개를 들어도 끝이 보이시 않는 봉우리… 첩첩산중이란 말도 모자랄 풍경이 펼쳐졌다.

길은 있지만 사람을 위한 길이라고 말하기 어려운 길이었다. 그래도 겨우겨우 그 길을 따라 이동하자, 어느 순간 시야가 트이면서 뱀처럼 구불거리는 길다운 길이 먼 산 허리춤에 나타났다.

"저 길까지 가면 이후로는 수월합니다. 물론 좀 더 빨리 가는 방법도 있지만 그러자면 위험한 산길을 타야 해서……."

여인들이 포함되어선지 이평이 조금 돌아가더라도 편한 길을 권했다.

"그럽시다."

사송이 순순히 이평이 권하는 길을 받아들였다.

그러자 이평이 작은 샛길로 일행을 이끌었다.

그렇게 이각 정도를 내려가자 드디어 길다운 길이 일행을 맞았다. 주막을 떠난 치 근 한나절이 지난 후의 일이었다.

"이건 마차도 다니겠는데?"

길 위에 내려선 사송이 입을 열었다.

"그렇잖아도 가끔 마차가 다닙니다. 물론 흔치 않은 일이지만⋯⋯."

이평이 대답했다.

"그렇소? 어디서 어디로 이어지는 길이오?"

"남동쪽으로 가면 결국 사천의 중심인 성도에 이르고, 서북으로 가면 곤륜 초입에 닿죠. 물론, 성도까지는 보름 길, 곤륜까지는 더 오래 걸리는 길이지만⋯ 뭐, 좋은 마차라면 좀 더 시간을 줄일 수 있겠지요."

이평이 대답했다.

그러자 사송이 눈을 가늘게 뜨고는 서북쪽으로 이어진 길을 보며 중얼거렸다.

"곤륜이라⋯⋯."

"굉장한 곳이지요."

이평이 말했다.

"가봤소?"

"예전에 한 번 가봤습니다. 곤륜 깊은 산중에 자란다는 설삼이 무가지보란 말을 듣고 여행 삼아 갔었지요."

"허어! 모험심이 대단한 분이시군. 그래, 설삼은 찾았소?"

사송이 물었다.

"웬걸요. 설삼은커녕 고생만 죽도록 했습니다. 뭔 놈의 산이 그렇게 막막한지. 더군다나 너무 추워서⋯ 하지만 나중에 생각하니 고생은 했어도 나쁜 여행은 아니었다는 생각이 들더군요. 이상하게 돌아온 후 자꾸 그 거대한 산맥이 떠오르더라고요."

이평이 다시 한번 곤륜에 가고 싶은 표정으로 말했다.

"여행이란 게 그런 것 아니겠소? 시간이 지나봐야 그 가치가 드러나는 일 같은 것 말이오. 자, 서둘러 갑시다."

사송이 이평의 말에 상대를 해주면서 길을 재촉했다.

이평의 말대로 편한 길로 내려서자 가는 길이 훨씬 수월해졌다. 마차도 다닐 수 있는 길이어서 두셋씩 나란히 서서 걸을 수도 있었다.

그런데 그렇게 길을 가던 중 문득 불사 나왕이 이평에게 물었다.

"이 길이 곤륜까지 이어진다고 했소?"

"그렇습니다만……."

이평이 조심스럽게 대답했다.

지금까지 대화를 나눴던 사송과 달리 지금 말을 건 사내는 보기에는 한없이 볼품없어 보이지만, 다른 사람들과는 뭔가 다른 무게감이 느껴졌기 때문이다.

"그 끝에는 어떤 마을이 있소?"

나왕이 다시 물었다.

"뭐 마을이야 여럿 있지만… 가장 마지막에는 설향이란 작은 마을이 있지요."

"설향? 이름이 예쁘네요."

공예가 관심을 보였다.

그러자 이평이란 사내가 고개를 저으며 말했다.

"꼬마 아가씨, 이름만으로 그 마을을 판단하면 곤란해요. 그 마을은 세상에서 가장 험한 곳에 위치한 마을이라고. 마을이 무슨 산 중턱에 매달려 있는 것 같다니까. 아주 위험한 마을이지. 멀리서 보면 신비롭기는 하지만……."

"그 마을을 누가 지배하오?"

나왕이 다시 물었다.

"지배요? 아니, 그런 것은 없는데. 그냥 백 명도 안 되는 사람들이 사냥이나 하면서 살아가고 있습니다만. 물론 몇몇은 곤륜 여행객들을 상대로 장사도 하지만⋯⋯."

"음⋯⋯."

나왕이 대답을 듣고는 가만히 고개를 끄떡였다.

"그런데 왜 그러시는지요. 혹 그곳까지 여행을 할 생각이십니까?"

이평의 얼굴에 기대가 서린다.

"글쎄⋯⋯."

나왕이 말꼬리를 흐리자 이평이 재빨리 말했다.

"만약 여행을 하시겠다면 제가 길잡이를 하지요. 곤륜에 한 번 더 가보고 싶던 차인데⋯⋯."

이평으로서는 일석이조인 일이었다. 길잡이로서 금자도 벌 수 있고, 가끔 그리웠던 곤륜을 제대로 여행할 수 있는 기회이기도 했기 때문이다.

"나중에 생각해 봅시다."

아쉽게도 나왕은 이평에게 확답을 주지 않았다. 그렇게 먼 곳에 있는 곤륜의 한 마을에 대해 이야기하는 동안 일행이 가파른 절벽 앞에 다다랐다. 길은 절벽 중턱을 따라 띠처럼 이어져 있었는데, 반대쪽으로 보면 그야말로 오금이 저릴 정도로 무서운 낭떠러지였다.

"여기가 벼락재입니다."

이펑이 절벽 앞에서 멈춰 서며 말했다.

"음, 정말 무시무시하군."

자왕 사송이 절벽 아래쪽 낭떠러지를 보며 중얼거렸다.

"무척 위험한 길이지요. 사실 일 년에 서너 번은 반드시 사고가 나는 곳입니다. 죽은 자도 많지요."

이펑도 이 길만큼은 두렵다는 듯 말했다.

"풍혈이 위치한 곳은 어디요?"

사송이 물었다.

"이제부턴 고생을 좀 하셔야 합니다. 절 따라오십시오."

이펑이 대답을 하고는 길이 없을 것 같은 절벽 위쪽으로 이동하기 시작했다. 그러고는 길이라고 부르기 민망한 절벽과 절벽 사이에 형성된 좁은 계곡 같은 지형을 따라 절벽을 오르기 시작했다.

만산홍엽, 가을 깊어진 산은 온통 붉게 물들어 있었다.

그러나 일행이 도착한 곳만큼은 이미 한겨울이었다. 서리가 내린 듯한 곳도 있었다.

풍혈이라고는 하지만 이렇게 강력한 한기를 지닌 곳은 흔히 찾아볼 수 없다. 정말 지하에 빙고가 있을지도 모른다는 생각이 자연스레 떠올랐다.

"이곳이 중심이라고들 하지요."

이펑이 다섯 그루의 소나무가 교묘하게 얽혀 있는 곳을 가리키며 말했다.

그 아래 세 개의 바위가 지붕처럼 땅을 덮고 있었고, 그 밑에서 한겨울에나 느낄 수 있는 매서운 한기가 밀려나오고 있었다.

"정말 대단한 한기예요."

공예가 놀란 표정으로 말했다.

"음한지기가 모이는 곳이 아닐까요?"

서리가 사송을 보며 물었다.

"글쎄… 그럴 수도 있지만 그냥 단순한 풍혈일 수도 있지."

사송이 고개를 갸웃하며 대답했다.

그러자 나왕이 사송의 말을 거들었다.

"음한지기가 모인 곳이라면 바위 아래 얼음이 가득 차 있어야
하오."

"그런가요? 그럼 역시 풍혈이군요."

서리가 고개를 끄떡였다.

그러자 이평이 십이천문의 사람들을 보며 말했다.

"저기 지금 이런 말씀드리는 것이 뭣하지만……."

"말씀하시구려?"

"서둘러 잘 곳을 찾아야 할 것 같습니다. 산의 해는 짧아
서……."

그러고 보니 어느새 해가 뉘엿뉘엿 산을 넘고 있었다. 이평의
말에 사송이 되물었다.

"풍혈의 한기를 피해 쉴 곳이 있겠소? 뭐… 동굴이라든가?"

사송의 질문에 이평은 기다렸다는 듯이 일행 모두가 원하는
대답을 했다.

"마침 이 근처에 하룻밤 지낼 만한 동굴이 있긴 합니다. 그곳
으로 모실까요?"

"일단 그럽시다."

사송이 눈빛을 반짝이며 대답했다.

그러자 이평이 다시 앞장서서 걸음을 옮기기 시작했다.

"이쪽으로 오시지요."

*   *   *

과거의 기억은 한순간, 작은 계기를 통해 잠에서 깨어나듯 깨어난다.

그리고 확연해진 기억은 실타래처럼 사람들을 지금껏 기억해 내지 못했던 과거의 자신에게로 이끌어간다.

화명과 수월은 동굴의 입구에 있는 작은 바위 위에 앉아 있었다. 십이천문의 사람들은 모두 동굴 안으로 들어가 잘 준비를 하고 있었지만, 두 사람은 십이천문의 사람들을 따라 움직이지 않았다.

불사 나왕과 자왕 등 노련한 고수들은 그런 그녀들을 방해하지 않았다. 동굴을 보는 순간 그녀들의 기억이 좀 더 깊은 과거를 향해 열리게 되었음을 알아챘기 때문이다.

애초에 그녀들이 북화문의 문주에게 구원받은 이 동굴을 찾은 이유가 바로 거기에 있었다.

그녀들 기억의 단초를 찾아 좀 더 어린 시절의 기억으로 돌아가는 것. 그리고 사람들의 기대대로 그녀들은 자신들이 기억할 수 있는 시간의 폭을 훨씬 앞쪽으로 당기고 있었다.

"알겠어?"

화명이 물었다.

"응."

수월이 고개를 끄떡였다.

"부모님이 우릴 버린 걸까?"

"글쎄……."

수월이 우울한 표정으로 대답했다.

"마누 아저씨를 추격하던 사람들… 아버지의 사람들이었지?"

"응, 그런 것 같아. 항상 아버지 곁에 있던 사람들인 것은 확실해. 이름은 기억 안 나도……."

"이유를 알 수 없네. 무슨 일이 일어났던 거지?"

"마누 아저씨가 우릴 납치한 것일 수도 있어. 아버지의 사람들이 그런 마누 아저씨를 추격한 거고……."

"그런가? 하지만 그럼 북화문의 전대 문주께서도……."

"북화문이 우릴 납치한 게 되지."

"하아… 그럼 정말 빌어먹을 상황인 건데……."

살수라지만 여인인 화명의 입에서 거친 욕설이 흘러나왔다. 그녀들의 예상과는 전혀 다른 상황이 벌어졌을 수도 있다는 것을 이곳에 와서야 깨달았던 것이다.

"지금은… 단정하지 말자. 일단 우리의 본 가를 찾은 후에……."

수월이 침착하게 말했다.

"평… 안… 기억나?"

화명이 물었다.

"우리 이름인가?"

"응……."

"성씨가 전씨?"

이번에는 수월이 물었다.

"아마도……."

화명이 고개를 끄떡였다.

"나쁘지 않네. 그래도. 쌍둥이 이름을 평안으로 지은 것을 보면 태어났을 때는 우리도 제법 귀한 존재였던 듯싶어……."

"그런데 어쩌다 그런 일이 벌어진 걸까?"

"그걸… 알아내야겠지."

수월이 대답했다.

생각해 보면 이상한 일이었다. 마누 아저씨에 의해 도주하기 시작하기 전 그들의 기억은 무척 따뜻한 것이었다. 비록 색이 바란 그림 같아도 그 느낌은 여전히 살아 있었다.

그런데 그런 온화한 기억이 단번에 어둠의 기억으로 변할 수 있을까. 어쩌면 그 극적인 변화가 지난 세월 두 여인의 기억 속에서 도주 이전의 일들을 더 강하게 지워 버렸는지도 몰랐다.

"일단 가보면 알겠지."

화명이 다시 입을 열었다.

"그런데 전씨 성을 쓰는 무가라면… 곤륜 근방에서 전씨 성을 쓰는 무가를 찾는 것은 그리 어려운 일이 아니겠지."

"하지만 혈통으로 이어지지 않는 문파일 수도 있잖아?"

화명이 갑자기 걱정이 되는지 수월에게 말했다.

"하긴 그럴 수도 있지. 그리고 혹시라도 당시 우리에게 일어난 일이 우리 본 가에 환란이 닥쳤었기 때문이라면… 아니, 그건 아닌가? 아버지의 무사들이 추격했으니까. 아무튼 어떤 일이 일어나 우리 본 가에 큰 변화가 생겼다면 쉽게 찾지 못할 수도 있어."

"그렇게 되면 역시 저 사람들이 필요하겠지?"

화명과 수월이 동시에 동굴 안 이곳저곳을 정리하며 하룻밤 묵어갈 준비를 하는 십이천문 사람들을 보며 말했다.

"반드시 필요하겠지."

"이상한 일이야. 십이천문에 이렇게 의지하게 될 줄은 몰랐는데. 단지… 본 가를 찾는 일 정도에서 만족하려 했는데."

화명이 고개를 갸웃했다. 그녀는 여행을 하는 동안 자신도 모르게 십이천문에 자신들의 인생을 온전히 맡긴 듯한 느낌을 갖게 되었다.

"너… 그를 보는 눈빛이 조금 달라 보였어. 설마… 아니지?"

수월이 조심스레 물었다.

"무슨 소리야? 그를 보는 눈빛이라니?"

화명이 조금 당황한 듯 되물었다. 그러자 수월이 사송을 가리키며 말했다.

"사 대협과 한동안 같이 있었잖아?"

"설마 내가 자왕 님을 마음에 두기라도 했다는 거야?"

화명이 어이없는 표정을 지으며 물었다.

"아니, 뭐 느낌이 그렇다는 거야."

"말도 안 되는 소리. 나이 차이가 얼만데……."

화명이 강하게 고개를 저었다.

그런 화명을 수월이 잠시 바라보다 작게 한숨을 쉬며 고개를 끄떡였다.

"하긴 우리 처지에 누굴 좋아하고 말고 할 상황은 아니지. 아무튼 나도 십이천문에 대해 특별한 느낌이 들기는 해. 이 일이 끝나도 계속 십이천문과 함께하고 싶은 생각이 들 정도야. 북화문과는 달라……."

수월도 화명의 생각에 동의하는 모양이었다.

"누가 뭐래도 우린 북화문의 노예였으니까. 단지 자유로운 노예였다고 할까?"

화명이 대답했다.

"자유로운 노예? 후후, 말이 되네. 행동의 자유는 있었지만, 북화문을 벗어날 수는 없었으니까."

"만약 우리에게 일어난 일이 전대 북화문주님의 계획하에 일어난 일이라면 어떡하지? 우릴 구해준 것이 아니라 우릴 납치해 간 것이라면?"

"그땐… 살아 있는 사람들이 그 대가를 치러야겠지."

수월이 차가운 살기를 드러냈다.

"후우… 부디 그렇지 않기를 바라야겠군. 난… 지금의 북화문주가 좋아."

"음… 믿을 수 있는 사람이지."

수월도 고개를 끄떡였다.

그때 동굴 안쪽에서 공예의 목소리가 들렸다.

"언니들 뭐 해요? 들어오셔서 요기하세요!"

손짓을 하는 공예를 보고는 두 여인이 서둘러 동굴 안으로 들어갔다.

모든 것이 예상대로 수월하게 진행되고 있다고 할 수 있었다.

먼 사천까지의 여행은 가치가 있었다. 화명과 수월이 전대 북화문주를 따라 개봉의 북화문으로 온 길을 되짚어가는 동안 두 사람의 기억은 상당히 복원되었다.

그리하여 결국 북화문주를 처음 만났던 이 동굴에서 그녀들은 자신들의 본명을 기억해 냈던 것이다.

"전평, 전안이라… 좋은 이름이군."

사송이 말했다.

늦은 밤, 저녁 요기를 마치고 동굴에 둘러앉은 사람들이 화명과 수월이 기억해 낸 사실들에 대해 이야기를 나누고 있었다.

다행히 길 안내자인 이평은 십이천문의 사람들과 함께 잠을 자는 것이 불편한지 동굴을 벗어나 따로 잠자리를 마련했다. 덕분에 일행은 그를 신경 쓰지 않고 대화를 나눌 수 있었다.

"그럼 이제 거의 찾은 건가요?"

공예가 물었다.

그러자 서리가 고개를 저었다.

"그건 아니다. 오 할 정도로 해두자."

"이름을 알았는데요? 전씨 성을 쓰는 무림 문파를 찾으면 되는 거잖아요? 곤륜에 가서……."

"곤륜이 어느 집 뒷산이라더냐? 평생을 살펴도 다 돌아볼 수 없는 큰 산맥이야."

"하지만 마차가 이동한 거리를 계산하면 대충 살펴볼 지역을 한정할 수 있잖아요?"

"그렇긴 해도 혈통으로 이어지는 문파가 아니거나 혹은 강호

의 이목을 피해 은거한 문파일 수도 있다. 또한… 당시 어떤 변화를 겪었을 수도 있고…….'

마지막 말을 하면서 서리가 슬쩍 화명과 수월의 눈치를 봤다.

그러나 서리가 한 말들은 이미 두 사람도 예상하고 있었던 일이라서 두 사람은 별 반응을 보이지 않았다.

그러자 이번에는 적월이 사송에게 물었다.

"그럼 곤륜으로 가야 하는 겁니까?"

"두 사람의 본 가를 확인하려면 그래야겠지."

사송이 대답했다.

"한 달이라고 했나요?"

"그 정도 거리고, 가서 또 이리저리 조사를 하려면 조금 더 걸릴 수도 있고……."

"하아… 그럼 정말 설을 쇠고 돌아오겠군요?"

"아무래도 그렇겠지. 그런데 썩 좋은 계절은 아니다. 가뜩이나 높은 지역일 텐데 한겨울 여행이라니……."

사송은 본래 추위를 싫어해서 겨울 여행을 꺼려하는 편이었다.

"일을 하는 건데 그래도 가야죠."

서리가 어린애 같은 투정을 한다는 듯 사송을 타박했다.

"아, 뭐 내가 안 가겠다는 것은 아니고……."

사송이 얼른 꼬리를 내렸다.

"모두에게 죄송해요. 어려운 길을 가시게 해서……."

화명이 십이천문의 사람들에게 고개를 조아렸다.

"됐소. 거래를 한 일이니 괘념치 마시오. 오늘은 일찍 자고 내

일 다시 운하촌으로 돌아가 길을 떠날 준비를 한 후 출발합시다."

불사 나왕이 말했다.

그러자 사송이 대답했다.

"아무래도 그래야겠지요. 먼 여행일 될 테니. 아무튼… 재밌을 것 같기도 하네."

춥다고 엄살을 떨던 사송의 얼굴에 여행에 대한 기대감이 살짝 떠올랐다. 그러면서 그가 화명의 얼굴을 슬쩍 스쳐 봤다.

*   *   *

"전대 북화문주?"

운하촌의 촌장이 놀란 얼굴로 이평을 바라봤다.

지난밤을 벼락재 풍혈 인근에서 보내고 돌아온 이평은 십이천문의 사람들이 주막에 도착하자마자 운하촌의 촌장을 찾아와 이틀 동안의 여행을 세세하게 고하고 있었다.

그리고 그 이야기 중에 촌장 노인의 관심을 끄는 이름이 흘러나온 것이다.

"그렇습니다."

"그분의 이름이 왜……?"

"일행 중 두 여인은 다른 사람들과 조금 다른 신분인 것 같았습니다."

"두 여인이라면 누굴 말하는 건가? 중년 여인과 소녀인가, 아니면 쌍둥이인 두 여인 말인가?"

"쌍둥이로 보이는 여인들 말입니다."

이평이 대답했다.

"그래? 어떻게 말인가?"

"그 여인들이 북화문에 있었던 것 같습니다. 그런데 무슨 자신들의 본 가를 찾는다는 말을 하더군요. 그 일 때문에 운하촌까지 온 듯합니다. 더해서 풍혈 역시 그 이유로 찾은 것 같고⋯⋯."

이평은 십이천문의 사람들이 잠들었던 동굴에서 나와 다른 장소를 찾아 노숙했지만, 십이천문 사람들의 대화를 어느 정도 들은 모양이었다.

어쩌면 그에게 드러나지 않은 능력이 있는지도 모를 일이었다.

그런데 그런 이평의 능력보다 더 놀라운 것은 촌장 노인의 반응이었다.

"본 가를 찾는다. 운하촌과 벼락재의 풍혈을 찾아서?"

"그, 그렇습니다."

촌장 노인의 심각한 반응에 놀란 이평이 걱정스러운 표정으로 대답했다.

"자네가 보기에 그 여인들⋯ 나이가 얼마나 되었다고 보는가?"

"그야 서른 전후로 보였습니다만⋯⋯."

"서른 전후에 북화문의 전대 문주님, 그리고 이 운하촌과 벼락재의 풍혈이라⋯ 아⋯⋯."

촌장 노인이 나직한 탄성을 흘렸다.

"왜 그러십니까?"

"음… 아닐세. 아니야."

"아는 사람들입니까?"

촌장 노인의 부인에도 이평은 분명 촌장 노인이 그 두 여인을 알고 있다고 확신하는 듯 보였다.

"글쎄… 안다고도 모른다고도 해야겠지."

"어떤 사람들입니까?"

"오래전 이 마을에서 하룻밤을 지낸 여인들인 것 같네. 아주 어릴 때 말이야. 한 대여섯 살 때쯤일까? 그런데 그때의 기억을 되찾아 여기까지 왔다니 정말 놀랄 일이군. 아니면… 한검께서 말해준 것인가?"

"한검이라시면… 북화문의 전대 문주님 말씀이군요."

"음……."

촌장 노인이 고개를 끄떡였다. 그러자 이평이란 사내가 심각한 표정으로 물었다.

"혹, 그녀들이 찾는 자신들의 본 가란 곳을 아십니까?"

그러자 노인이 고개를 저었다.

"모르네. 하지만……."

"……?"

"무척 위험한 곳이란 건 아네. 당시 한검께서 당신이 두 여자아이를 데리고 이곳에 들렀던 사실을 절대 다른 사람에게 발설치 말라고 하셨으니까. 만약 그 사실이 외부에 알려지면 운하촌은 하룻밤 새 세상에서 사라질 수도 있다고 하셨지. 그건 곧 그 여자아이들의 본 가란 곳이 그만큼 무서운 곳이란 뜻이 아니겠나? 한검께서도 두려워하실 만큼 말이야."

"대체 어떤 곳이길래……?"

"아무튼 기분이 좋지 않군."

촌장 노인이 난감한 표정으로 중얼거렸다.

"어쩔까요? 따라가 볼까요?"

이평이 물었다.

그러자 촌장 노인이 물었다.

"자네에게 길잡이를 맡기겠다고 하던가?"

"예."

"음… 할 수 있겠나?"

"뭐, 어려운 일은 아니지요."

이평이 어깨를 으쓱했다.

그러자 촌장 노인이 고개를 저었다.

"그렇게 쉽게 생각할 일이 아니네. 그들 중 대다수가 고수야. 나조차 감당할 수 없는……."

"그러다 한들 길잡이인 제가 무슨 위험이 있겠습니까? 위험해지면 도망치면 그뿐이죠. 이 땅에서 도주하는 저를 따라잡을 사람은 몇 없습니다."

이평이 자신 있게 말했다.

"하긴 자네만큼 곤륜과 사천의 지리에 밝은 사람은 없으니까."

촌장 노인이 고개를 끄떡였다.

"그럼 가도 되겠습니까?"

이평이 다시 물었다.

"그렇게 하게. 무슨 일이 있으면 바로 연락을 보내고."

"알겠습니다. 만약 두 여인의 본 가를 찾는 일이 운하촌에 위협이 된다면 즉시 연락하겠습니다."

"자네만 믿네."

촌장 노인이 이평의 어깨를 두드리며 말했다.

"아유, 뭐 하러 그 먼 곤륜산에 가신다고 그러십니까? 이 겨울에 고생이 막심할 텐데……."

공산댁이 짐짓 만류의 말을 했다.

그러자 사송이 대답했다.

"주모, 본래 설산 구경은 겨울이 제격이라오."

"구경도 구경 나름이지요. 그러다가 얼어 죽어요."

공산댁이 손을 저으며 말했다.

"그래서 노련한 길잡이를 데려가지 않소."

사송이 말을 타고 서둘러 주막으로 다가오는 사내 이평을 가리키며 말했다.

"하긴 뭐, 이평이 함께 간다면 얼어 죽을 일은 없겠지만……."

"모두 나와 계셨군요."

어느새 다가온 이평이 나왕 등에게 꾸벅 인사를 하며 입을 열었다.

"잘 모시게."

공산댁이 마치 자신의 일가족을 여행 보내는 것처럼 이평에게 당부했다.

"걱정 마십시오. 길이라면 제가 빠삭하고, 또 남쪽으로 우회해 마차로 벼락재의 관도를 따라 이동할 테니 그리 어렵지는 않을 겁니다. 간혹 노숙을 해야 하니 그 준비만 제대로 하면……."

"그야 금자로 해결할 일이고."

공산댁이 대답했다.

그러자 사송이 이평에게 물었다.

"지금 떠나도 되겠소?"

"그럼요. 어서 출발하시지요. 마차를 타고 관도에 진입하려면 남쪽 우회로로 가야 합니다. 그러자면 서둘러 길을 떠나야 합니다."

이평이 길을 재촉했다.

그러자 사송이 불사 나왕을 바라봤다. 불사 나왕이 가볍게 고개를 까딱였다.

"좋소. 그럼 갑시다."

사송이 말하자 이평이 앞서서 말을 몰아 주막을 떠나기 시작했다. 그러자 그 뒤를 따라 한 대의 마차와 세 필의 말이 줄지어 주막을 떠났다.

"부디… 별일이 없어야 할 텐데. 운하촌에 불행한 일이 생기면 어디로 갈 수 있단 말인가."

멀어지는 십이천문 일행을 보며 공산댁이 간절한 표정으로 중얼거렸다.

제5장
설산 잔도(棧道)

후우웅!

매서운 눈바람이 산비탈을 타고 불어왔다. 아침부터 조금씩 날리기 시작한 눈발이 점점 더 굵어지고 있었다. 보통 여행객이라면 절대 길을 나서지 않을 날씨다.

하지만 떠나지 않았다면 모를까. 이미 길 위에 있는 여행객으로서는 걸음을 서둘지 않을 수 없는 날씨다. 이런 곳에서 걸음을 늦췄다가는 자칫 꼼짝없이 산중에 고립될 수 있었다.

언제부턴가는 사람들이 말에서 내려 오히려 말을 끌고 길을 가고 있었다. 마차 주변에도 두 사람이 바싹 붙어 서서 마차가 미끄러지는 것을 방비하고 있었다.

"아유, 추워. 그러게 오늘은 길을 가지 말자고 그랬잖아요."

공예가 손을 호호 불며 불평을 터뜨렸다.

"이 정도 날씨에 길을 가지 않으면, 이 겨울을 마을 한 곳에서 지내야 할 거다."

유왕 서리가 엄하게 말했다.

"그래도 눈이 그치면 갈 수 있잖아요."

공예가 다시 투덜거렸다.

그러자 길을 안내하던 사내 이평이 미소를 지으며 말했다.

"아가씨, 그건 그렇지가 않아요. 이곳은 한겨울에는 눈이 그치질 않는 곳이지요. 산을 내려가면 모를까. 어차피 지나야 할 산이었어요."

이평의 말에 공예가 입을 삐죽이면서도 다른 말은 하지는 않았다. 그러자 이평이 다시 말했다.

"그나마 오르막은 끝났으니 이제 길이 좀 수월해질 겁니다. 미끄러지는 것만 조심하면 오늘 중으로 산 아래 마을에 도착할 수 있습니다."

"그곳에서 설향이라는 마을까지의 거리는 얼마요?"

사송이 물었다.

"길어봐야 닷새입니다."

이평이 대답했다.

"음… 거의 다 왔군."

사송이 고개를 끄떡였다.

그러자 이평이 물었다.

"그런데 설향에 도착하시면 다음 일정은……?"

"그건 일단 그곳에 도착한 이후에 생각해 봅시다."

사송이 대답했다.

사실 설향에 도착한 이후에는 근방에서 전씨 성을 쓰는 무가를 찾아야 했다.

　노련한 강호인들이지만 불사 나왕이나 사송 등도 곤륜 깊숙한 곳에 숨어 있는 무림 문파에 대해선 제대로 알 수 없었다.

　더군다나 단서라고는 그중 전씨 성을 쓰는 사람이 문주로 있는 문파라는 것 정도인데, 그 단서로 곤륜의 거대한 산맥에서 무림 문파를 찾는 것이 쉬운 일은 아니었다.

　그마저도 이 길이 이십오 년 전 마누라는 고수가 화명과 수월 두 사람을 마차에 태우고 도주한 길이라는 전제하에 가능한 일이었다.

　그런데 일행이 내리막으로 들어서서 조금 편안해질까 싶은 때에 갑자기 예기치 않은 일이 발생했다.

　갑자기 산 위쪽에서 눈이 작은 사태처럼 밀려 내려오더니 순식간에 일행의 앞길을 막은 것이다.

　순간 자왕 사송이 짜증을 냈다.

　"젠장, 망할 놈들 같으니라고! 이런 날에는 산적질도 쉬어야 하는 거 아닌가?"

　작은 눈사태는 자연이 만든 것이 아니었다. 눈이 무너져 내린 길 위쪽에 나타난 검은 인영들이 만든 인위적인 것이었다.

　짐승 가죽으로 온몸을 감싸고, 일부로 사나운 행색을 한 것으로 보아 눈사태를 일으킨 자들은 산적들이 분명했다.

　길을 떠나기 전 이평은 곤륜의 잔도를 여행할 때는 길의 험준함보다 곳곳에 숨어서 여행객이나 상인들을 노리는 산적들이 더 위험하다고 경고한 적이 있었는데, 수십 일 여행 끝에 드디어 그 산적들을 만나게 된 것이다.

그러나 산적을 만났다고 해서 일행 중에 겁을 먹거나 두려워하는 사람은 없었다.

단지 그들의 얼굴에는 바쁜 걸음을 잡아채는 산적들에 대한 귀찮음이 가득할 뿐이었다.

"금자를 주고 거래를 하시죠?"

이평이 슬쩍 일행의 눈치를 보며 말했다.

"저런 놈들에게 줄 금자는 없네."

사송이 냉정하게 말했다.

"하지만 보통 사나운 놈들이 아닙니다. 이런 설산에서 산적질을 한다는 것은 혹독한 환경에서 살아남을 능력이 있다는 것이지요. 대체로 무림의 밥을 먹고산 자들이 섞여 있습니다만……"

이미 운하촌에서부터 십이천문의 사람들이 무림인들이란 것은 짐작하고 있었지만, 이들의 실력이 어느 정도인지는 가늠하지 못한 이평이었다. 그래서 슬쩍 십이천문 사람들의 반응을 떠본 것이었다.

"그래봐야 도적놈들일 뿐이지."

"피를 볼 수도 있습니다."

"그래야 한다면 마다할 것도 없지. 하지만 그런 일이 있을지 모르겠군."

"어떻게 하시려고……?"

"길을 막은 눈이라도 치우면 곱게 돌려보내 주고……."

사송이 심드렁하게 말하는데 드디어 산 위에서 산적들이 미끄럼을 타듯 눈을 타고 길 위로 내려왔다.

그리고 그중 험상궂게 생긴 사내 한 명이 앞으로 나서며 위압적인 목소리로 소리쳤다.

"이런 날씨에 길을 가다니 급한 일이 있는 모양이군. 하지만 세상의 모든 땅에는 주인이 있는 법! 아무리 급해도 이 산의 주인에게 인사 정도는 하고 가야 하지 않겠는가?"

쿵!

턱에 바늘같이 굵은 수염이 난 자가 말을 하면서 커다란 도로 땅을 찍었다. 도는 쌓인 눈을 뚫고 들어가 언 땅이 강하게 울렸다.

"누가 두목이냐?"

사내의 호통에 자왕 사송이 앞으로 나서며 물었다.

순간 사내의 굵은 눈썹이 꿈틀거렸다. 한눈에 봐도 왜소해 보이는 자왕 사송이 가소로워 보이는 모양이었다.

"산왕께서는 함부로 외인을 만나지 않으신다. 거래는 나와 하면 돼!"

강압적인 사내의 말에 사송이 물었다.

"그래? 그럼 거래를 해보자. 너희들이 굴려놓은 눈을 치워. 반 시진을 주겠다. 그 안에 모두 치우면 곱게 돌려보내 주겠다."

"뭐? 지금 뭐라고 했냐? 이 쥐새끼 같은 놈아!"

산적이 황당한 표정으로 소리쳤다.

"눈을 치우라고. 그리고 이제부터는 같은 말 두 번 안 한다. 다음번에는 이놈이 말을 할 거야."

슥!

사송이 가볍게 소매를 걷어 올렸다. 그러자 그의 손목에 감겨 있는 검은 가죽 아대가 보였다. 아대 안쪽으로는 날카롭게 빛나는 기형의 병기가 슬쩍 머리를 내밀고 있었다.

"이건… 평범한 놈들이 아니었구나!"

사내가 두어 걸음 뒤로 물러나며 경계의 빛을 보였다. 저런 식의 기형의 병기를 쓰는 자들이라면 무림인이란 뜻이다. 산적질을 하면서 가장 만나기 싫은 자들이 무림인이었다.

"이제 상황 파악했으면 얼른 눈들 치워. 게으름을 피울수록 할 일이 많아질 수 있어."

사송이 다시 경고했다.

사내가 대답을 하는 대신 슬쩍 뒤를 돌아봤다. 그러자 산적들 사이에서 날렵하게 생긴 중년 사내가 천천히 앞으로 걸어 나왔다.

순간 십이천문의 고수들 눈빛이 반짝였다. 산적 무리에서 걸어 나오는 사내의 걸음걸이가 범상치 않았기 때문이다.

일정한 보폭, 눈 위를 걸으면서도 깊지 않은 발자국, 거기에 흔들리지 않는 동공까지… 고수 소리를 들을 만한 인물이 분명했다.

"무림인인가?"

앞으로 나선 사내가 나직하게 물었다.

"네가 두목이냐?"

사송이 되물었다.

그러자 사내가 대답을 하는 대신 날카로운 눈으로 사송을 응시했다. 그의 동공을 통해 흘러나오는 안광이 사람의 심장을 관통할 만큼 섬뜩했다.

그런 사내를 보며 사송이 한줄기 미소를 머금었다. 마치 그의 도발을 기다리고 있는 듯한 모습이다.

그러자 사내가 뒤늦게 입을 열었다.

"내가 이들을 이끈다. 그리고 이 산의 주인이기도 하지. 주인으로서 묻겠다. 무림인인가?"

"그렇다고 볼 수 있지."

사송도 대답했다.

"이름을 대라!"

"내 이름을 말하면 알 것 같으냐?"

사송이 물었다.

그러자 산적 두목이 대답했다.

"내가 모르는 자라면 나와 말상대를 할 자격도 없다."

"그 말은 강호의 사정에 해박하다는 뜻이군. 그런 자가 산적 노릇이라… 창피하지 않은가?"

"뭐라 해도 좋다. 그러나 진실은 이거다. 이 산이 나의 땅이라는 것! 그리고 이 산을 지나려는 자는 반드시 내 허락을 받아야 한다는 것이다."

산적 두목이 살기를 드러내며 말했다.

그러자 사송이 빈정거렸다.

"야, 요즘 산적 놈들은 정말 대단해. 자신이 마치 지방의 영주나 된 것같이 행동하잖아? 그런데 이 산을 지킬 능력은 있나?"

사송이 물었다.

"결국 피를 보잔 말이군."

산적 두목이 나직하게 말하더니 슬쩍 오른손을 털었다. 그러자 허리 뒤춤에 매달려 있던 가늘게 휘어진 도가 한순간 그의 손에 들어왔다.

눈보라 속에서 빛나는 눈부신 도신, 그리고 그 도를 들고 있는 사내의 모습이 강호의 절정고수를 떠올리게 만들었다.

그러나 그런 사내의 모습이 오히려 사송의 흥미를 불러일으킨 모양이었다.

"좋아. 제법 겨룰 만하겠군."

창!

사송의 말이 끝나는 순간 그의 양손에 세 갈래로 갈라진 갈고리 모양의 기병이 들렸다.

모습을 숨기고 있을 때보다 한결 위협적인 기병의 모습에 산적 두목은 긴장한 표정이 역력했다.

"무림 밥을 먹은 바 있다니 잘 알겠군. 강호의 법은 오직 무공의 고하에서 결정된다는 걸. 오늘 날 꺾지 못하면 넌 내 노예가 될 거야."

사송이 산적 두목을 놀리듯 말했다.

하지만 산적 두목은 사송의 말에도 흥분하지 않았다.

"물론 패자는 언제나 승자의 법을 따르는 법이지. 내 법도 알려주마. 오늘 네가 패한다면 너와 네 동료들은 모두 죽게 될 것이다. 감히 나 설표 범수가 도를 뽑게 한 대가로 말이다."

"좋아. 제법 흉측한 것이 마음에 들어. 더군다나 눈표범이라니! 그 정도는 돼야 날 상대하지."

사송이 신이 나서 말했다.

물론 그는 뒤쪽에서 유왕 서리가 자기는 쥐로 불리면서, 라고 하는 말은 듣지 못했다.

"와라!"

산적 두목 설표 범수가 휘어진 도를 이마 높이까지 세우며 말했다.

그러자 사송이 두 손을 들어 올리며 대답했다.

"내가 먼저 공격하면 네겐 조금의 기회도 없을 텐데?"

"오만하구나."

"아니, 오만이 아니고 그게 진실이야. 그래도 좋은가?"

"와라!"

설표 범수가 다시 한번 소리쳤다.

"좋아. 날도 추운데 일찍 끝내자!"

사송이 신이 난 듯 외치며 설표 범수를 향해 움직였다.

파파팟!

미끄러지듯 설표 범수를 향해 달려들던 자왕 사송이 갑자기 빠르게 눈 덮인 땅을 찼다.

그러자 순식간에 일어난 눈보라가 그와 설표 범수 사이에 가득 찼다.

"얕은 수작!"

사송이 눈보라를 일으켜 자신의 시야를 가리려 한다고 생각한 설표 범수가 싸늘한 비웃음을 흘리며 무서운 속도로 도를 휘둘렀다.

휘웅!

설표 범수의 도가 단번에 사송이 일으킨 눈보라를 반으로 갈랐다.

차악!

눈보라가 좌우로 흩어지면서 막혔던 시야가 환하게 트였다. 그런데 눈보라 속에 있어야 할 사송이 그곳에 없었다.

한순간 설표 범수의 얼굴에 당혹감이 서렸다. 보이지 않는 적만큼 무서운 적은 없다.

설표 범수가 재빨리 주위를 살폈다. 그러나 어디서도 사송을 발견할 수 없었다.

"놈!"

설표 범수의 입에서 자신도 모르게 욕설이 흘러나왔다.

그런데 그 순간 갑자기 그의 발밑에 깔려 있던 흰 눈들이 분수처럼 하늘로 솟구쳤다.

설표 범수가 재빨리 뒤로 물러났다. 그러면서도 무서운 속도로 도를 휘둘러 만약에 있을지도 모르는 사송의 공격에 대비했다.

그런데 그를 더욱 당황시키는 일이 일어났다.

"거기가 아니다."

목소리는 물러나는 범수의 등 뒤에서 들려왔다.

당혹한 설표 범수가 재빨리 도를 횡으로 휘둘렀다.

웅!

강력한 도풍이 일어났다. 언뜻 보기에는 도기가 만들어진 것 같기도 했다. 설산에서 산적질이나 해먹고 사는 인물에게 도기는 어울리지 않지만 어쨌든 그렇게 설표 범수의 도법은 무서웠다.

그런데 그 무서운 도법이 사송의 괴병에 막혔다.

캉!

설표 범수의 도가 사송의 왼손에서 뻗어 나온 기병 사이에 꽂혀 꼼짝 못하고 움직임을 멈췄다.

"이……!"

자신의 도를 옭아맨 사송의 기병에서 도를 빼내려고 범수가 신음 소리를 내며 힘을 썼으나, 사송은 교묘하게 갈고리 모양의 기병을 움직여 범수의 도가 빠져나가는 것을 막았다.

그러고는 한순간 힘으로 그의 도를 내리누르더니 자유롭던 오른손을 범수의 턱 밑에 밀어 넣었다.

"헉!"

자신의 턱을 꿰뚫을 듯 다가온 사송의 기병에 놀란 범수가 자신도 모르게 움직임을 멈췄다.

삭!

사송의 기병 끝이 범수의 턱 밑에 살짝 상처를 냈다. 그러자 흐르지는 않았지만 가는 혈선이 범수의 턱 밑에 생겨났다.

"생각보단 훌륭했어."

기병을 범수의 턱 밑에 댄 채 사송이 말했다.

"당… 신들은 대체 누구요?"

설표 범수가 그제야 이들이 자신이 상대할 수 있는 사람들이 아니라는 것을 깨닫고는 굳은 표정으로 물었다.

"그건 알 필요 없고, 이제 어떡하겠느냐?"

사송이 물었다.

"…원하는 게 뭐요?"

범수가 물었다.

"좋아. 그럼 항복이냐?"

"산적 주제에 뭘 어쩌겠소? 나보다 힘센 자를 만났으니 처분만 바랄 뿐이지. 도망갈 수도 없을 것 같은데."

범수가 퉁명스럽게 대답했다. 죽음에 대한 두려움을 어느새 이겨낸 모습이었다.

"후후, 무공도 그렇고 배포도 그렇고… 산적질이나 하며 살 친구는 아닌 것 같은데……."

"내 인생까지 관여하실 거요?"

범수가 퉁명스럽게 물었다.

"아, 그건 나도 귀찮고. 좋아. 요구 조건을 말하겠다. 우린 갈 길이 바쁘다. 그런데 너희들이 눈으로 길을 막아버렸지. 그러니 앞서 말했듯이 눈을 치우는 것은 너희들 몫이다."

"눈만 치우면 되오?"

"일단 벌려놓은 일을 해결하고, 나중 일은 나중에."

슥!

사송의 손이 말과 동시에 움직였다. 그러자 설표 범수가 그대로 그 자리에 무릎을 꿇었다. 어느새 그의 마혈이 제압된 것이다.

그렇게 설표 범수를 제압한 사송이 몸을 돌려 산적들을 바라보며 호통을 쳤다.

"뭐 하고 있어? 어서 눈들 치워! 모두 죽여 버리기 전에!"

사송의 호통에 산적들이 화들짝 놀라 손과 발, 그리고 병장기를 이용해 길에 쌓여 있는 눈을 치우기 시작했다.

           *   *   *

산적들의 숫자가 이십여 명, 하지만 숫자는 많아도 제대로 된
장비가 없어서 눈을 치우는 데는 시간이 제법 걸렸다.

"이러다가는 해 지기 전에 산 아래 마을에 도착하지 못하겠습
니다."

이평이 아직도 꽤 쌓여 있는 길 위의 눈을 보며 말했다. 그러
자 사송이 귀찮은 표정으로 말했다.

"나서야 하나?"

"그래요. 어서 가서 좀 치워요."

유왕 서리가 재촉했다.

"제길… 이래저래 오늘은 내 손발이 고생하는 날이군. 이 굼벵
이 같은 놈들, 모두 비켜라."

사송이 앞으로 나서며 소리쳤다.

그러자 땀을 흘리며 자신들이 만들어놓은 눈사태를 치우고
있던 산적들이 겁을 집어먹고 뒤로 물러났다.

"후욱!"

산적들을 뒤로 물러나게 한 사송이 깊이 숨을 들이마셨다. 그
러고는 다시 병장기를 소매 밖으로 끄집어낸 후 무서운 속도 양
손의 괴병을 휘두르기 시작했다.

퍼퍼퍽!

자세를 낮추고 휘둘러대는 괴병의 움직임에 따라 길 위에 쌓
여 있던 눈들이 순식간에 사라지기 시작했다.

그야말로 놀라운 눈 치우기 실력이다.

"어떻게 저럴 수가 있지요?"

길잡이 이평이 놀란 얼굴로 중얼거렸다. 그러자 그의 곁에 서 있던 적월이 대답했다.

"본래 땅 파는 일이 특기인 분이지요."

"아, 그렇소?"

이평이 이상한 사람도 다 있다는 듯 고개를 끄떡이면서도 여전히 놀란 감정을 감추지 못했다.

"도둑질도 쓸데가 있다더니, 오늘 오라버니가 제대로 한번 일을 하는군요."

유왕 서리가 만족한 표정으로 말했다.

사송이 길 위에 쌓인 눈을 모두 치우는 데는 채 이각이 걸리지 않았다. 그건 산적들이 눈을 치우던 속도에 비하면 수 배나 빠른 것이었다.

파파팟!

어느새 사송이 마지막 눈을 흩어버리고는 허리를 펴며 소리쳤다.

"아우, 힘들다!"

"여기요. 사백님!"

어느새 사송의 곁에 다가서 있던 공예가 재빨리 술병을 건넸다.

"흐흐, 역시 예, 너밖에 없구나. 이 사백을 생각해 주는 사람은!"

사송이 만족한 웃음을 흘리며 공예에게서 받은 술병을 들고는 벌컥벌컥 술을 들이켰다.

그러다가 문득 자신에게 마혈이 제압되어 여전히 눈 위에 무릎을 꿇고 있은 설표 범수에게 다가가 그의 마혈을 풀었다.

"욱!"

마혈이 풀리자 범수가 쓰러질 듯 비틀거렸다.

그도 그럴 것이 움직일 수 없는 몸으로 차가운 눈 위에 무릎 꿇고 앉아 있다 보니 한기에 모든 근육이 굳어버린 것이다.

"마셔!"

사송이 술병을 설표 범수에게 건넸다. 그러자 범수가 망설이는 듯하다 결국 술병을 받아 들고 꿀꺽꿀꺽 술을 마셨다.

"언 몸을 푸는 데는 술이 최고지. 그리고… 눈을 제대로 치우지 못했으니 다른 일을 좀 해야겠다."

"무슨 일을……?"

설표 범수가 불안한 시선으로 사송에게 되물었다.

"길 아래 마을까지 동행을 해야겠다. 너희들은 눈길에 익숙할 테니 말과 마차를 위험하지 않게 마을 입구까지 끌고 가라."

"우린… 산적이오."

산적이 마을 입구까지 내려오면 분명 마을에서 큰 사달이 날거라 생각한 범수가 투덜대듯 말했다.

"걱정 마라. 사람들이 보기 전에 돌려보내 줄 테니까. 그리고 넌 가는 동안 따로 할 일이 있다."

"또 뭘 말이오?"

"네 스스로 무림의 칼 밥을 좀 먹었다고 했지?"

"그렇소만……."

"그럼 가는 동안 이 근방에서 네가 알고 있는 무림 문파란 문파는 모조리 기억해 내 설명해라."

"…그냥 여행을 가는 게 아니었구려?"

범수가 두려운 빛으로 물었다. 괜히 무림의 싸움에 말려드는 게 아닌가 걱정하는 것 같았다.

"세상에 목적 없는 여행이 어디 있겠느냐? 그러나 그 역시 네가 걱정할 일은 아니다. 돌려보내 주겠다는 약속은 반드시 지키마."

"후우… 알겠소. 이 지경에 뭘 어쩌겠소."

범수가 순순히 사송의 요구에 굴복했다.

*   *   *

갑자기 일행의 숫자가 불어나자 이동하는 속도도 조금 더 빨라졌다. 설산의 산적들이라 눈 덮인 길에서도 능숙하게 길을 열었다. 내리는 눈발과 가파른 길도 이들에게는 큰 문제가 되지 않았다. 더군다나 목숨을 걸고 하는 일이라 더더욱 힘을 내는 산적들이었다.

그렇게 산적들에게 말과 마차를 맡기고, 십이천문 일행은 산적 두목 설표 범수를 에워싸고 길을 걷고 있었다.

하지만 그를 포위하듯 에워싼 것은 그가 도주하는 것을 막기 위한 것이 아니었다. 그 하나 지키는 것은 사송으로 족했다.

그럼에도 그들이 설표 범수를 에워싸고 있는 것은 그가 하는 말을 듣기 위해서였다.

설표 범수의 입에서는 끊임없이 곤륜 주변의 무림 문파에 대한 이야기가 흘러나왔다.

그의 말대로 설표 범수가 무림에서 활동했던 것은 분명한 듯 보였다. 그는 곤륜 인근의 문파들에 대해 속속들이 알고 있었으며, 가끔 문파 내의 수뇌가 아니면 알 수 없는 일들도 알고 있었다.

하지만 제 흥에 겨워 곤륜 인근 문파에 대해 설명을 늘어놓은 범수의 말 중에서 일행이 기대하는 말은 결국 나오지 않았다.

"이게 답니다. 이왕세가까지 설명했으면 제 밑천은 다 드러난 거지요."

어느 순간 설표의 입이 닫혔다.

그가 설명한 문파의 숫자가 근 이십여 개. 그 정도면 사실 십이천문의 사람들이 살펴보려는 영역의 두 배는 더 넓은 지역의 문파까지 말한 것이라 할 수 있었다.

이 곤륜은 땅이 척박해서 무림 문파조차도 성장하기에 어려운 환경이기 때문이었다.

하지만 그가 설명한 무림 문파 중 전씨 성의 수장을 가진 문파는 없었다.

화명과 수월의 기억으로 보자면 분명 그녀의 부모들은 한 문파의 주인이 분명했다. 그러니 기억이 정확하다면 그녀들의 본가는 전씨 성을 쓰는 사람에 의해 지배되고 있어야 했다.

"혹 놓친 문파가 없나요?"

화명이 간절한 표정으로 물었다.

마치 범수의 입에서 전씨 성을 가진 문파가 나오지 않으면 그녀들의 본 가를 영원히 찾을 수 없을 것 같다는 표정이었다.

"글쎄올시다. 놓친 문파는 없는 것 같은데… 나머지 문파들은 내 입으로 거론할 가치가 없는 문파들이외다. 문파랄 것도 없이 그냥 도적놈들 모아놓은 정도인데……."

범수의 대답에 화명과 수월의 표정이 급격하게 어두워졌다. 이곳까지 왔는데 본 가를 찾을 수 없을지도 모른다는 불안감이 그녀들의 얼굴에 가감 없이 드러났다.

그런데 그때 걷는 내내 침묵하고 있던 불사 나왕이 설표 범수에게 물었다.

"지난 삼십여 년 동안에 혹시 멸문한 문파가 있나?"

"멸문이오?"

"음."

"그야 뭐, 강호 문파들의 흥망성쇠는 매일 일어나는 일이니까."

"그중 그대가 말한 문파들과 견줄 수 있는 문파는?"

"그것이… 보자. 무종봉의 백가장이 그러하고… 또… 뭐 그러고 보니 사라진 문파도 거의 없는 것 같소이다. 백가장 정도가 제가 말한 문파들과 견줄 만할 것이고. 그러고서야……."

역시 설표 범수의 입에서 기대했던 대답은 나오지 않았다.

그러자 갑자기 침묵이 찾아왔다. 화명과 수월은 물론 십이천문의 사람들조차도 다리에 힘이 풀리는 느낌이었다.

근 석 달에 이르는 여행이었다. 비록 청부지만 화명과 수월의 본 가를 찾는 일이 이젠 십이천문의 사람들에게도 마치 자신들의 일처럼 느껴지고 있었다.

그런데 그 먼 여행 끝에 아무것도 건지는 것이 없을지도 모른다는 생각에 허무감이 밀려들었고, 그 허무함이 다리에 힘이 빠지게 만들고 있었던 것이다.

그런데 그 와중에 적월이 설표 범수에게 질문을 던졌다.

"신비문에 대한 소문은 혹 없나요?"

"신비문이라고 했소?"

"그래요. 뭐… 예전부터 실체는 확인되지 않았지만, 사람들 사이에서 회자되는 문파 같은 것이지요. 허황된 소문이라도 말이에요."

그러자 설표 범수가 잠시 생각에 잠겼다가 입을 열었다.

"그렇게 따지면 두 문파 정도가 있소. 물론 그 실체를 보지 못했으니 존재 자체가 의심되는 문파들이지만."

"어떤 곳이지요?"

적월이 재차 물었다.

"하나는 이왕비가라는 곳인데 그 옛날 몽골 대칸의 원정으로 멸망당한 서하국 황족들이 곤륜으로 숨어들어 왕국의 재기를 꿈꾸며 만들었다는 문파라고들 하오. 하지만 뭐 어디서도 그들이 발견된 적은 없소이다. 그래서 사람들은 그저 서하국의 멸망을 안타까워하는 사람들이 혹시나 하는 바람으로 만들어낸 소문이라고들 하오."

"다른 문파는요?"

이씨 성을 쓰는 문파는 관심 밖이기에 적월이 다른 문파에 대해 물었다.

"또 다른 문파는 유령문이라기도 하고 혹은 귀령문이라고도 부르는데, 설산 깊은 곳에 숨어 살면서 사람들의 혼령을 지배하는 비술을 쓰는 자들이 있다는 소문이오. 하지만 대체로 유령문

역시 사람들의 상상이 만들어낸 문파로 여겨지고 있소이다. 설산에 들어갔다가 환각을 일으켜 실족하거나 길을 헤매다 반 미쳐서 나온 사람들 입에서 흘러나온 말이라 신뢰하기는 어렵소."

설표 범수가 별로 신경 쓸 문파가 아니라는 듯 말했다.

그러나 십이천문의 사람들은 달랐다. 설표 범수의 입에서 흘러나온 모든 문파들이 화명과 수월의 본 가일 가능성이 없는 상황에서는 풍문에 떠도는 문파라도 흘려들을 수는 없었다.

"유령문이라……."

듣고 있던 사송이 혼잣말을 중얼거렸다.

"뭐, 내 생각에는 정말 소문일 뿐인 것 같소이다. 유령문의 유령객들을 만났다고 하는 자들이 간혹 나오지만 그 생김새나 얼굴, 혹은 그들과 말 한마디 나눴다는 자들이 없으니까."

"그들을 보았다는 장소가 특정되어 있나?"

사송이 물었다.

"그건 아니고 곤륜 곳곳에서 봤다는 이야기가 들리는 편이오. 그래도 뭐, 굳이 한 곳을 지정하자면 사시사철 눈보라가 끊이지 않는 설모봉 인근에서 가장 많이 목격되었다고 하지만, 그래봐야 이삼 년에 한 번 정도. 그런데 솔직히 설모봉은 사람이 갈 수 없는 곳인데 그런 곳에 그런 문파가 있을 리가 없을 거요."

범수가 고개를 저으며 말했다.

그는 유령문이라는 문파가 세상에 존재하지 않을 거라고 확신하는 듯 보였다.

그렇게 설표를 중심에 두고 이야기를 나누는 사이 일행은 드디어 작은 마을 어귀에 도착했다. 마을 어귀라고 해도 눈보라가

더욱 강해져 마을 사람들이 설표 범수가 이끄는 산적 무리를 볼 가능성은 없었다.

"이쯤에서 우리는……."

설표 범수가 정말 약속을 지킬 거냐는 듯 사송을 바라봤다.

그러자 사송이 서슴없이 고개를 끄떡였다.

"좋아. 가도 좋아."

사송이 떠날 것을 허락하자 설표 범수가 기대하지 않은 행운을 잡은 듯 푹 고개를 숙여 보였다.

"대협의 은혜가 감사하오."

"은혜는 무슨… 애초에 죽일 생각도 아니었고. 거, 살기 힘들어도 산적 노릇은 다시 생각해 보시우. 다 사람 살자고 하는 일인데 자칫하다가는 한 번에 전부 목숨을 잃을 수도 있으니."

"그야 뭐… 한 번 생각해 보겠소. 쉬운 일은 아니지만. 자, 모두 가세."

설표가 동료들을 향해 말하자 산적 무리들은 혹여라도 십이 천문의 사람들이 다시 자신들을 잡을까 걱정하는 듯 서둘러 눈보라 속으로 사라졌다.

"무사히 돌아갈 수 있을까요?"

마을 반대편, 설산 쪽으로 사라지는 산적들을 보며 공예가 걱정스러운 표정으로 물었다.

이런 눈보라 속에서 살아 돌아가기가 쉽지 않다고 생각하는 모양이었다.

"이곳에서 평생 살아온 사람들이다. 눈을 감고도 자신들의 본거지로 돌아갈 거다."

유왕 서리가 걱정 말라는 듯 말했다.

그러자 산적을 만난 이후에는 거의 한마디도 하지 않던 이평이 조심스레 입을 열었다.

"마을로 가시지요."

"그럽시다. 벌써 날이 저무는군."

사송이 서서히 어둑해지는 하늘을 보며 말했다.

*　　　*　　　*

후우웅!

해가 저물어가자 바람이 더욱 거세졌다.

"어서 가자고. 이러다간 눈에 묻혀 버리겠어."

눈보라를 뚫고 온 길을 거슬러 돌아가던 산적들이 서로를 재촉했다.

"젠장, 이게 무슨 꼴이람. 금자는커녕 고생만 하고 돌아가는구면. 산채에 남은 양식도 얼마 없는데……"

산적 중의 한 명이 투덜거렸다.

그러자 설표 범수가 정색을 한 표정으로 말했다.

"그나마 살아 돌아가는 걸 다행으로 생각하게. 그 사람들… 보통 사람들이 아니야."

"그야 뭐… 산왕께서 패하실 정도면 그렇지요."

"꼭 내가 패해서가 아니라 자세히 보면 그들 한 명 한 명이 모두 강호 절정고수들인 것 같아."

"모두가요?"

"그렇다네. 특히 더럽게 못생긴 사내 있지 않은가? 그자는 정말 무서운 자인 것 같더라고."

아마도 불사 나왕을 두고 하는 말인 듯싶었다.

"역시 사람은 겉모습만 보고 판단해서는 안 되는 모양입니다. 그 쇠갈고리를 쓰는 자도 생긴 거로는 맥없어 보이던데……."

이번에는 사송의 외모에 대한 평이 이어졌다.

"후우… 이 겨울이 지나면 그자의 말대로 정말 우리의 미래에 대해 심각하게 생각해 보세."

"산적질을 그만두시게요?"

"음… 어느 정도 금자가 모였으니 작은 표국 같은 것을 하는 것이 어떨까 싶어. 우리만큼 이곳 지리에 밝은 사람은 없으니까. 더군다나 다른 산채의 사람들과도 교분이 있으니 작은 표국을 꾸려가는 데 큰 문제가 없을 것 같은데……."

"그러면야 저희도 좋지요. 사실 지형이 워낙 험해서 표국도 별로 없으니, 일단 표국을 세우면 일거리는 많을 겁니다."

"한 번 생각해 보자고. 오늘 같은 일이 다시 안 생기리란 보장도 없고……."

설표 범수가 자왕 사송에게 당한 패배가 큰 충격이었는지 고개를 저으며 말했다.

그런데 그때 갑자기 앞서 눈길을 헤쳐 가던 산적 한 명이 뒤를 돌아보며 소리쳤다.

"누가 오는데요?"

"또 누가? 어떤 자들이 이 눈보라 치는 저녁에?"

설표 범수가 이야기를 나누던 자가 귀찮은 표정으로 물었다.

"글쎄요. 혼자 오는데요?"

"혼자? 이 와중에 혼자 산을 넘다니 대단한 배포군. 젠장, 오늘 만나는 자들은 왜 하나같이 기이한 자들뿐일까? 장사치라도 오면 그나마 한바탕 털어 갈 수 있을 텐데. 어찌할까요?"

사내가 설표 범수에게 물었다. 산을 넘는 자에게 통행세를 받을지 말지를 묻는 것이다.

"음… 애매하군. 정말 혼자냐?"

범수가 물었다.

"그렇습니다."

"행색은?"

"글쎄요. 온몸을 모피로 감고 있어서……."

"음… 어쩐다?"

범수도 어찌해야 할지 선뜻 결정하지 못한 채 망설이는 사이 사내가 어느새 산적들 앞으로 다가왔다.

"서랏!"

그건 아마도 오랜 버릇 때문이었을 것이다. 산적 중에 가장 앞에 있던 자가 사내가 다가서자 평소의 버릇이 본능처럼 튀어나와 사내에게 소리쳤다.

그러자 사내가 거짓말처럼 걸음을 멈췄다.

사내가 걸음을 멈추자 사내의 걸음을 멈추게 한 산적이 슬쩍 범수를 돌아봤다. 그러자 범수가 난감한 표정을 지었다.

그로서도 생각지 않은 일이었기도 하고, 사내의 기도가 특별하게 느껴지기 때문이기도 했다. 그러나 일단 산적으로서 일을 시작한 이상 뒤로 물러나 있을 수만은 없었다. 그게 산적 두목으로서 무리를 이끄는 자의 의무였다.

"후-우!"

범수가 한숨을 내쉬고는 천천히 걸음을 옮겨 사내 앞에 섰다.

"날도 궂은데 산길을 넘다니 배포가 큰 것인가? 아니면 금자가 많은 것인가?"

범수가 자못 위엄 있는 표정으로 물었다.

그러자 사내가 얼굴을 반쯤 가린 두건을 들어 올리며 범수를 바라봤다.

'흡!'

순간 범수가 속으로 헛바람을 들이켰다. 이렇게 날카로운 안광이라니. 범수는 마치 자신의 영혼이 한순간 사내에게 빨려들어 가는 것 같은 느낌을 받았다.

만약 설표 범수가 아닌 다른 사람이었다면 분명 그 순간 혼절을 하든 정신을 잃고 말았을 것이다.

"무공을… 아는구나."

사내가 입을 열었다.

그제야 범수가 사내의 나이를 짐작할 수 있었다. 초로의 나이로 느껴지는 목소리다.

"젠장… 오늘 일진이 정말 사납군."

범수가 자신도 모르게 투덜거렸다.

그러고는 뒤를 돌아보며 동료 산적들에게 소리쳤다.

"길을 열어줘라. 우리 상대가 아니다!"

산적들에게 명을 내린 설표 범수가 자신도 옆으로 물러나며 노인에게 말했다.

"이거 미안하게 됐소. 가시오."

그러자 초로의 노인이 고개를 끄떡이고는 설표 범수를 지나쳐 걸음을 옮겼다. 그러면서 나직하게 한마디 말을 건넸다.

"운이 좋군. 아니, 사람 보는 눈이 좋은 것인가?"

순간 설표는 자신의 몸이 사내의 검에 산산조각 나는 듯한 느낌을 받았다.

"헉!"

설표가 헛바람을 토해내며 자신도 모르게 그 자리에 한쪽 무릎을 꿇었다.

그사이 사내는 이미 산적들을 지나쳐 눈보라 속으로 사라지고 있었다.

"산왕, 무슨 일입니까?"

산적들이 급히 달려와 설표 범수를 부축했다.

그러자 범수가 넋이 나간 사람처럼 중얼거렸다.

"생각해 보니 정말… 정말 운이 좋은 날이구나, 오늘은! 두 번이나 사신(死神)의 손에서 벗어나다니."

제6장
설원의 검객

　눈보라가 더욱 거세졌다. 아침 일찍 길을 떠나려던 계획은 접을 수밖에 없었다. 그냥 사람만 이동한다면 무공의 힘으로 눈길을 뚫고 나갈 수도 있겠지만 마차와 말을 끌고 여행하기에는 너무 강한 눈보라였다.

　적월과 공예는 이 층 객방 앞쪽에 있는 작은 난간에 나와 앉아 휘몰아치는 곤륜의 눈보라를 구경하고 있었다.

　길을 가야 하는 나그네에게는 큰 방해물인 눈보라지만 바쁠 것 없는 여행객의 눈으로 보면 한껏 여행의 즐거움을 맛볼 수 있는 풍경이었다.

　"이러다가 마을이 눈에 파묻히겠어요."

　어느새 한 자 이상 쌓인 눈을 보며 공예가 말했다.

　"그러게 말이야. 이렇게 많은 눈은 처음이야."

"저도 그래요. 그런데 이렇게 되면 일정이 훨씬 늘어나겠어요."

"뭐 상관있나? 마음이야 급할지 모르지만, 사실 시간을 정해 놓고 하는 일은 아니잖아?"

"그렇긴 하죠. 그런데 이럴 때 보면 오라버니는 무척 여유로운 성격인 것 같아요. 아니면 게으르신가?"

공예가 놀리듯 말했다.

그러자 적월이 미소를 지으며 대답했다.

"게으른 쪽으로 해두자. 난 본래 겁이 많은 사람이야. 여유하고는 거리가 좀 있지."

"에이, 오라버니가 겁이 많다고 하면 세상 모든 사람들이 겁쟁이일 거예요."

"아니, 난 정말 겁이 많아. 내가 사부님이나 숙부님께 신중하다는 말을 듣는 것은 겁이 많기 때문이란다."

"하지만 만무회나 검산파를 상대할 때나 혹은 음양교 마인들을 상대할 때, 오라버니는 전혀 두려움이 없는 것처럼 보이던데요?"

"일이 닥치면 그땐 두려움을 극복하는 편이지. 하지만 일이 벌어지기 전에는 누구보다 두려움이 많단다."

"에이, 그걸 사람들은 신중하다고 말하는 거예요."

공예가 피식 웃음을 흘리며 말했다.

"역시 예, 너밖에 없다. 뭐든 좋은 쪽으로 생각을 해주는구나."

"그러니까요. 오라버니에게는 저밖에 없다고요."

공예가 적월의 어깨에 손을 올리며 사내처럼 거드름을 피웠다. 그 모습에 적월이 낮게 웃음을 흘리다가 문득 한 곳에 시선을 고정시키며 말했다.

"참 이상한 사람이구나."

"누구 말이에요?"

공예가 갑작스러운 적월의 말에 되묻자 적월이 턱으로 객잔 앞마당을 가리켰다.

공예가 시선을 돌리자 온몸을 검은 모피로 감싸고, 머리에는 눈 아래로 내려오는 깊은 두건을 쓴 채 마당으로 나서는 사내가 보였다.

"우리 말고도 손님이 더 있었나 보네요."

"그러게 말이다. 더군다나 지금 길을 가려는 것 같은데?"

"이 눈보라 속에서요?"

공예가 놀란 표정으로 되물었다.

"말이 없는 것으로 봐서는 걸어서 갈 것 같은데… 그럼 역시 무림인인가?"

"그렇다고 봐야죠. 이런 날씨에 보통 사람은 절대 길을 갈 수 없으니까요."

공예가 대답을 하며 마당에 나와 선 사내를 바라봤다.

사내는 객잔의 처마를 벗어나 눈 내리는 마당으로 몇 걸음 나와 선 후 고개를 들어 하늘을 바라봤다.

초로의 나이, 깊은 눈, 웃음기 없는 얼굴. 한눈에 보아도 수십 년 강호를 종횡한 노고수의 풍모가 풍겼다.

사내는 오늘 날씨를 가늠해 보려는 동안 눈 내리는 잿빛 하늘만 바라보고 있다가 문득 시선을 적월과 공예가 있는 이 층 난

간으로 돌렸다. 아마도 두 사람의 시선을 뒤늦게 의식한 모양이었다.

순간 공예가 흠칫하며 본능적으로 적월 곁으로 붙어 앉았다. 그만큼 노인의 안광이 날카로웠다.

반면 적월은 덤덤한 표정으로 노인의 시선을 받았다. 그리고 가볍게 고개를 숙여 보이기까지 했다.

낯선 여행객끼리 가벼운 인사 정도는 흔한 일이어서 적월의 행동이 특별한 것은 아니었다. 적월의 인사에 노인 역시 가볍게 고개를 까딱이는 것으로 인사를 받고는 다시 하늘로 시선을 돌렸다.

"무서운 사람이에요."

공예가 나직하게 속삭였다.

"무섭다기보다는 날카로운 사람이라고 해야겠지."

"그게 그거죠 뭐. 그런데 분명 무림인이죠?"

"응, 그렇지 않다면 저런 눈빛을 가질 수 없지."

적월이 고개를 끄떡였다.

그때 아래층 객잔 안쪽에서 객잔 주인이 문을 열고 나오며 노인에게 말을 건넸다.

"손님, 정말 이 날씨에 길을 떠나시게요?"

객잔 주인의 손에는 작은 바랑이 들려 있었다.

노인이 말없이 객잔 주인에게서 바랑을 건네받아 등에 걸쳤다.

"설향으로 가는 잔도는 이미 막혔답니다."

객잔 주인이 다시 말했다.

"괜찮소."

노인이 그제야 입을 열었다. 무미건조한 음성, 고저가 없는 목소리다. 듣는 것만으로는 상대에게 두려움을 주는 목소리기도 했다.

"후우… 뭐… 무인이시니 큰일이야 없겠지만, 그래도 이런 날씨에 고생스럽게……."

"잘 쉬었소."

노인이 아예 객잔 주인의 말문을 막았다.

객잔 주인도 손님을 하루 더 잡아두려는 욕심에서 하는 말은 아니었다. 그는 진심으로 노인을 걱정하고 있었다. 이런 날씨에는 아무리 무림인이라 해도 길을 가는 것이 위험천만한 일이었다.

"알겠습니다. 급한 일이 있으면 어쩔 수 없지요. 아무튼 조심하시기 바랍니다."

"고맙소."

노인이 대답을 하고는 문 쪽으로 한 걸음 움직이다 말고 슬쩍 고개를 되돌려 적월과 공예에게 잠깐 시선을 주었다가 이내 몸을 돌려 객잔을 나섰다.

"원, 참, 이 날씨에 어쩌려고… 에이, 내가 알 바 아니지. 무림인이란 자들은 모두가 괴팍하기 이를 데 없으니. 어흐, 춥다."

객잔 주인이 눈보라 속으로 길을 떠나는 노인을 보며 혀를 차고는 옷깃을 여미며 객잔 안으로 들어갔다.

"정말 떠나네요."

이 층에서는 좀 더 멀리까지 길이 보였다. 그럼에도 불구하고 객잔을 나선 노인의 모습은 순식간에 적월과 공예의 시야에서 사라졌다.

"눈보라가 전혀 위협이 되지 않는 사람이야."

"그 정도 고수라고요?"

"응."

"대체 어떤 사람일까요? 낭인일까요?"

"글쎄… 모르지."

적월이 고개를 저으며 대답했다.

참으로 괴상한 날씨였다.

정오 무렵까지 무섭게 쏟아붓던 눈보라가 갑자기 그치더니 이제는 눈부신 햇살이 눈 덮인 마을을 비추고 있었다.

"이것 참… 이게 무슨 요상한 조화란 말인가?"

객잔을 나서면서 사송이 중얼거렸다. 그의 눈은 구름 한 점 없이 맑은 하늘로 향해 있었는데, 하늘은 언제 눈을 쏟아부었냐는 듯 천연덕스럽게 맑았다.

"그래도 다행 아니에요? 객잔에서 시간이나 보내고 있지 않게 돼서……."

유왕 서리가 말했다.

"그렇긴 하지만 이 요상한 날씨가 사람 마음을 불안하게 만드네. 언제 또 눈을 퍼부을지 알 수가 없으니까."

"그렇다고 길을 떠나지 않을 수도 없잖아요? 저녁이라면 모를까, 아직 정오도 되지 않았는데."

"그야 그렇지. 자자, 어서들 가자."

자왕 사송이 뒤늦게 객잔을 나서는 적월과 공예를 재촉했다.

"정말 가는 거예요?"

공예가 믿지 못하겠다는 듯 물었다.

"날이 맑아졌으니 가야지. 어서 마차에 오르거라."

사송이 공예를 재촉했다.

그러자 공예가 이미 서리가 올라 있는 마차 안으로 들어갔다.

"조심들 하십시오. 눈은 그쳤지만 쌓인 눈은 많고, 길은 미끄럽습니다."

객잔 입구에서 서둘러 길을 떠나려는 적월 일행을 배웅하며 객잔 주인이 소리쳤다.

"걱정 마시오. 우리 앞가림을 할 수 있는 사람들이니."

사송이 객잔 주인을 안심시켰다.

"아, 물론. 그러시겠지요. 그래도 조심하십시오. 곤륜의 산은 마귀보다 무섭답니다."

"하하하, 알겠소. 그리고 고맙소."

사송이 호탕한 웃음으로 대답하고는 마차를 몰아 눈길로 전진하기 시작했다. 그 뒤를 따라 나왕과 적월, 그리고 화명, 수월 두 여고수가 말을 타고 따르기 시작했다.

"원 참, 설향에 무슨 보물이라도 나왔나? 이 눈길에 길을 떠나기를 고집하는 사람들이 이어지다니……."

객잔 주인을 혀를 차며 적월 일행을 한 번 바라보고는 훌쩍 객잔 안으로 사라졌다.

*　　　　*　　　　*

"문주께서 큰 은혜를 베푸셨습니다. 그만 돌아가십시오."

검객은 산더미처럼 쌓인 눈 위에서도 홑겹으로 된 얇은 무복만을 입고 있었다.

반면 그의 앞에 선 노인은 누더기처럼 기우기는 했으나 짐승의 털가죽으로 만든 옷을 입고 있어 이곳이 세상에서 가장 추운 곳 중 한 곳인 곤륜의 한 자락임을 말해주고 있었다.

"날… 살려주라 하시던가?"

노인이 물었다.

"그렇습니다. 돌아가시기만 한다면……."

검은 무복을 입은 중년의 사내가 말했다.

"문주도 늙으셨군."

노인이 혼잣말처럼 중얼거렸다.

"모든 것이 무령사께서 하신 일 때문이지요."

검은 무복의 사내가 원망하듯 말했다.

"날… 원망하나?"

노인이 물었다.

"무령사께서… 본 문을 배신하는 바람에 본 문은 몰락의 길을 걸을 수밖에 없었습니다. 그날 이후 문파의 생기는 사라졌고, 문주께서는… 고독한 삶을 살고 계시지요."

사내가 대답했다.

"난 본 문을 배신한 적이 없다. 선대의 문주들께서는 천 년 율법을 지켜 스스로를 절제하셨고, 세상에 나서지 않았으며, 선의를 지켜오셨다. 그래서 본 문이 천 년을 내려온 것이다. 그런데… 문주께서는 그 전통을 깨셨다. 만약… 내가 그 일을 하지 않았다면 본 문은 지금 세상에 존재하지 않을 수도 있다."

노인이 차가운 기운을 드러내며 말했다. 과거 자신이 한 일에 대한 자부심이 느껴지는 행동이다.

그 기세에 중년인이 잠시 말을 잃었다. 그러다가 반발하듯 말했다.

"멸문이 아니라 군림을 하고 있을 수도 있습니다. 칠마, 십육 마문의 난(亂)… 그 좋은 기회를 놓치는 일도 없었을 것이고 말입니다."

"종산… 정말 그렇게 생각하나?"

"그렇습니다. 문주님의 대법만 완성되었다면, 무림천하 문주님을 거스를 자는 존재하지 않았을 겁니다."

"아직… 아직 부족하구나. 그 세월 동안 종산 자네의 수양도 깊어졌으리라 생각했는데……."

"한을 품은 자는 결코 도(道)를 얻을 수 없다. 무령사께서 하신 말씀이지요."

중년 사내가 싸늘하게 말했다.

"한이라. 어리석은… 도란 결코 부정한 방법으로 얻을 수 없는 것이거늘……."

노인이 처연하게 중얼거렸다.

"아무튼 돌아가십시오. 제 손으로 무령사님을 베고 싶지 않습니다."

"돌아갈 수 없네."

노인이 단호하게 말했다.

"왜입니까?"

"종산 자네가 더 잘 알고 있지 않은가?"

"정말… 문주님의 마지막 자존심까지 무너뜨리려 하십니까?"

종산이란 자가 화가 난 표정으로 물었다.

"문주께서 스스로 자초하신 일이네. 난 가서 묻겠네. 과연 천년 율법을 어긴 사람의 최후가 무엇이어야 하는가를!"

"무령사!"

종산이란 사내가 호랑이처럼 으르렁거렸다.

분노기 끓어오르는 모습이다.

"진정하게."

"문주님을 모욕하는 것은 용서할 수 없습니다. 아무리 무령사라 해도… 그리고 지금은 제가 무령사지요."

"무령사란 지위 따위 그리 중요한 게 아니네. 단지 본 문의 율법에 충실한 무도인인가가 중요한 것이지. 길을 열어주게. 이젠 정말 문주님을 만날 때야. 문주님을 뵙고 그 일의 시비를 가리겠네. 아니, 그분의 손에 죽으면 아주 훌륭한 끝이라고 할 수 있겠지."

노인이 말했다.

"문주께서는 무령사의 얼굴을 절대 보지 않겠다고 하셨습니다. 그러니 돌아가십시오. 무령사께 검을 들고 싶지는 않습니다."

"정말 나와 싸우겠다는 건가?"

"전 무령사님과 달리 문주님의 뜻을 거역하는 방법을 모릅니다."

"안타까운 일이군. 자네와 검을 섞어야 하다니."

노인이 고개를 저었다.

그러자 중년 사내 역시 고개를 저었다.

"지금은 아직 아닙니다. 오늘 전 단지 문주님의 뜻을 전하기 위해 왔을 뿐, 무령사님의 검을 상대하는 영광은 가장 마지막에 얻게 될 것입니다. 물론 무령사께서 무사히 설모봉까지 오신다면 말입니다."

그러자 노인이 살짝 인상을 찌푸렸다.

"그 말은 문도들이 나선다는 뜻인가?"

"각오하신 일 아닙니까?"

"가혹하군."

"무령사께서 문주님을 배신한 일에 비하면 그리 가혹한 일도 아니지요."

"하아… 좋다. 지금 내 길을 막는 자들은 모두 본 문의 율법을 어기는 자들이다. 기꺼이 상대해 주지. 그게 내게 주어진 운명이라면! 누가 먼저 날 막을 것인가?"

노인이 물었다.

그러자 종산이란 사내가 소리쳤다.

"전대 무령사시다. 최선을 다해 모셔라!"

눈 속에서 사람 셋이 일어났다. 마치 설인이 나타나듯 그렇게 모습을 드러낸 자들은 중년 사내 종산과 달리 하얀 무복에 역시 눈처럼 하얀 검신을 자랑하는 검을 들고 있었다.

머리조차 흰색의 두건을 쓰고 있어서 멀리서 보면 절대 그 존재를 알 수 없는 자들이었다.

"그럼… 부디 다시 뵙기를!"

세 명의 사내를 불러낸 종산이란 자가 노인을 향해 정중하게 포권을 해 보인 후 뒤쪽으로 몇 걸음 걸어가더니 이내 눈이 쌓인 숲속으로 모습을 감췄다.

"말은… 필요 없겠지?"

노인이 세 명의 백색 무인들을 보며 물었다.

그러자 그의 예상대로 세 명의 무인이 말없이 삼각형의 대형을 취하며 노인을 포위했다.

"슬픈 일이다. 내 손으로 너희들을 상대해야 한다는 것은. 그러나 이미 시작된 일, 난 최선을 다할 것이다. 나에 대해 들었다면 너희들도 최선을 다해야 한다는 사실을 알고 있을 것이다!"

노인이 세 명에게 경고하고는 몸에 두르고 있던 짐승 가죽으로 만든 털옷을 가볍게 벗었다. 그러자 굴강한 노인의 몸이 드러났다. 비록 털옷 안에 다시 잿빛 무복을 입고 있었지만, 그 옷만으로는 꿈틀거리는 노인의 근육을 감출 수 없었다.

늙은 얼굴을 생각하면 놀랄 정도로 생기가 넘치는 몸을 가진 노인이었다.

"와라!"

노인이 검을 뽑아 들며 외쳤다.

그러자 백색 무복의 세 사내가 망설이지 않고 노인을 향해 도약했다.

그리고 그들이 뻗어내는 세 갈래의 검신이 투명한 햇빛을 반사해 눈부시게 번쩍였다.

노인의 걸음은 무거웠다.

한 걸음 옮길 때마다 천 근의 무게를 견디는 듯했다. 그리고 그 무게만큼 그는 강력했다.

세 명의 백색 무인이 폭풍처럼 노인을 몰아쳤지만, 그들의 검은 번번이 노인으로부터 튕겨져 나왔다.

노인이 검이 빠른 것도 아니었다. 그의 걸음만큼이나 그의 검도 느렸다. 그럼에도 불구하고 그의 검은 정확하게 백색 무인들의 공격을 막아냈다.

백색 무복의 사내들은 자신들의 공격이 노인에게 막힐 때마다 삼사 장 뒤로 튕겨 나갔다. 그렇게 튕겨 나간 사내들의 얼굴은 그들의 옷 색깔보다도 더 창백하게 변하곤 했다.

그러나 그럼에도 불구하고 그들은 공격을 멈추지 않았다. 마치 노인을 베지 못하면 그들 자신이 죽을 것처럼 치열하게 노인을 공격했다. 그리고 그런 무리한 공격이 결국 그들을 위험에 빠뜨렸다.

쾅!

다시 한번 노인을 협공한 세 무인의 검이 다른 때보다 좀 더 강력한 충돌음을 만들어내는 순간, 세 사람의 입에서 동시에 신음 소리가 터져 나왔다. 그중 한 명은 신음이 아니라 비명을 터뜨렸다.

"악!"

비명을 터뜨린 자가 사오 장 뒤로 날아가더니 비틀거리며 겨우 몸을 세웠다. 그런 그의 입에서 붉은 선혈이 터져 나와 흰 눈밭 위에 꽃처럼 흩뿌려졌다.

"물러나라. 더 이상 피를 보고 싶지 않다. 길을 열어라!"

노인이 눈 위에 깊은 발자국을 남기며 세 사내를 향해 다가서 경고했다. 하지만 세 사내는 결코 노인의 경고에 순응하지 않았다.

"죽음으로 문주의 령을 받들 뿐!"

세 사내가 다시 삼각형 모양의 검진을 형성했다.

"문주가… 너희들을 사람이 아닌 노예로 만들어놓았구나."

노인이 탄식했다.

"감히 문주님을 모욕하는 자, 죽음으로 벌을 받으리라!"

세 사내 중 한 명이 혼을 잃은 사람처럼 흰 눈자위를 드러내며 소리쳤다.

"이건 또 뭔가? 섭혼의 술까지. 귀령사의 짓인가?"

노인은 그를 공격한 자들의 정신이 누군가에게 금제되었다는 것을 뒤늦게 깨달았다. 평소에는 보통 사람들처럼 보이지만 그들의 잠재의식을 지배하는 주인이 따로 있었던 것이다.

"죽어랏!"

삼 인의 백색 무인이 재차 노인을 향해 달려들었다. 그러자 노인이 무겁게 검을 들어 올리며 중얼거렸다.

"본 문의 섭혼술은 과일을 먹는 벌레와 같아서 결국 상대를 죽음에 이르게 한다. 그렇게 벌레처럼 누군가의 노예로 살아가느니, 차라리 지금 죽는 것이 너희들에게도 좋은 일이리라!"

노인의 침통한 음성과 함께 그의 검이 움직였다.

쿠오오!

노인의 큰 검에서 기이한 파공음이 일어났다. 그러자 그의 검이 세 명의 무사가 일으키는 눈보라를 가르며 태산처럼 무겁게 전진했다.

쩡!

첫 번째 검이 부러져 나갔다.

"악!"

첫 번째 비명이 터져 나왔다.

노인이 살짝 허공으로 떠오르면서 다시 검을 내리그었다.

쩍!

차갑게 언 공기가 노인의 검을 이기지 못하고 파공음을 만들어내며 갈라졌다.

쾅!

두 번째 검은 허공으로 날아갔다. 그리고 다시 한 명의 비명 소리가 터져 나왔다.

"크악!"

노인이 이번에는 태산처럼 두 발을 설원에 박아 넣고 선 채로 검을 앞으로 뻗어냈다. 그러자 그의 검에서 희미한 아지랑이 같은 기운이 아른거리다 갑자기 검의 형태로 만들어진 검기가 앞으로 쭉 뻗어나갔다.

그러자 세 번째 비명이 흘러나왔다.

"욱!"

마지막으로 노인에게 당한 자는 그대로 검을 들고 있었다. 하지만 그의 심장 어림은 노인의 검기에 관통당해 붉은 피로 물들어가고 있었다.

노인의 검에 당한 삼 인에게 긴 고통은 없었다. 그들은 노인에게 당하는 순간 비명과 함께 목숨이 끊겼다.

그렇게 순식간에 세 명의 상대를 죽인 노인이 침통한 표정으로 중얼거렸다.

　"문주… 아예 본 문의 천 년 역사를 끝낼 작정입니까? 그렇다면 내가 문주를 만나야 할 또 다른 이유가 생겼군요."

　노인이 검을 거뒀다. 그리고 세 명의 시신 사이를 지나쳐 다시 길을 가기 시작했다.

　　　　　*　　　　　*　　　　　*

　"무서운 검이다!"

　사송이 죽어 있는 세 명의 시신을 보며 두려운 듯 몸을 떨었다.

　시신들은 백색의 무의를 걸치고 있었는데, 그 두께가 무척 얇은 것이 보통 사람이라면 절대 곤륜의 한파 속에서 입을 수 있는 옷이 아니었다.

　그건 곧 죽은 자들이 자신의 내공으로 한기의 침입을 막을 정도의 무공을 지니고 있었다는 의미가 된다. 고수들인 것이다.

　그런데 그 세 사람이 모두 한 줄기의 검흔만을 남긴 채 죽어 있었다. 그리고 그 검흔을 보고 사송은 이들을 죽인 자에 대해 막연한 두려움을 느낀 것이다.

　"그렇게 대단한가요?"

　공예가 물었다.

　그러자 유왕 서리가 대답했다.

　"잘린 검신의 단면을 보면 마치 무나 두부를 가른 듯 매끄럽다. 이렇게 매끄럽게 적의 병기를 잘랐다는 것은 단지 내공의 문제가 아니라 무공의 경지를 논해야 하는 문제다. 이자는 엄청난 고수다."

말을 하면서 유왕 서리가 살짝 불사 나왕을 바라봤다. 간혹 천하십대고수에까지 꼽히는 불사 나왕이라면 이들을 죽인 자에 대해 좀 더 많은 것을 알 수 있을지도 모른다는 생각에서였다.

그러나 불사 나왕은 죽은 자들의 시신을 흘깃 한 번 바라봤을 뿐 별다른 관심을 보이지 않았다.

그러자 서리가 조금 실망한 표정으로 사송에게 말머리를 돌렸다.

"죽은 자들의 정체는 알 수 없나요?"

"글쎄… 난 모르겠는데? 모두 백색 무복을 입은 것 말고는 특별한 문양의 복식이나 검을 사용하는 것도 아니고. 혹 이런 사람들에 대해 들은 바 있소?"

사송이 그들의 길 안내자인 이평에게 물었다. 그러자 이평이 고개를 저었다.

"저 같은 길잡이가 이런 자들을 알 리가 있겠습니까?"

이평은 바짝 겁에 질린 표정이었다.

"흠… 백주 대낮에 설원에서의 살인이라. 심상치 않은 일이군."

사송이 시신을 살피던 몸을 일으키며 중얼거렸다.

"그만 갑시다."

나왕이 길을 가는 것이 더 중요하다는 듯 말했다.

"묻어주지 않나요?"

적월이 물었다. 아무리 이름 모를 자들이라도 죽은 자들의 시신을 그대로 두고 떠나는 것이 마음에 걸리는 모양이었다.

"누군가 찾으러 올 것이다. 같은 무복을 입었다는 것은 결국 어떤 조직에 속해 있다는 뜻이다. 그럼 죽은 자들의 동료들이 결국 이들을 거둬 갈 것이다."

나왕이 무심하게 말했다.

"그… 럴까요?"

"그건 불사 대협의 말이 맞구나. 시신들은 이대로 두고 가자. 너도 알겠지만 죽은 자들도 자신들의 몸으로 나름대로 말을 한다. 그러니 죽은 자들의 동료들은 이들의 시신이 죽은 모습 그대로 남아 있기를 바랄지도 모르겠구나."

유왕 서리가 불사 나왕의 의견에 동조하자 적월도 더 이상 미련을 갖지 않았다.

"알았어요. 그냥 가죠 뭐."

"갑시다."

불사 나왕이 이평에게 길을 재촉했다.

그러자 이평이 얼른 이 자리를 벗어나고 싶은지 서둘러 말을 몰기 시작했다.

"이크!"

세 명의 시신을 발견한 후 다시 한 시진 정도를 이동했을 때, 앞서가던 이평의 입에서 놀란 목소리가 터져 나왔다.

"무슨 일이오?"

사송이 급히 물었다.

"또, 또 있습니다."

이평이 당황한 표정으로 뒤를 돌아보며 말했다.

"뭐가 말인가?"

"죽은 시신 말입니다."

이평이 얼른 대답했다.

그러자 일행이 서로를 바라봤다. 좋은 징조는 아니었다. 백색 무복을 입은 자들의 시신이 발견된 곳에서 한 시진 거리도 되지 않아, 다시 시신이 발견된 것이다.

가는 길 앞쪽에 시신들이 연이어 나타난다면 누구라도 불안한 마음을 갖지 않을 수 없을 것이다.

"대체 이게 무슨 일이죠?"

유왕 서리가 눈살을 찌푸리며 중얼거렸다.

"일단 가보자고. 동일인의 소행인지."

사송이 서둘러 이평이 있는 곳으로 말을 몰아갔다.

이평 옆에 당도한 사송이 다른 일행이 다가오는 사이 말에서 내려 죽어 있는 시신을 살폈다.

이번에는 검은 무복을 입은 사내 한 사람이었다. 색은 다르지만 같은 모양의 무복을 입은 것으로 보아 앞서 죽은 자들과 같은 부류의 사람이 분명했다.

대신 이번에 죽은 자는 검은색 옷을 입고 있었는데 같은 문파의 사람이라도 문파 내 다른 조직에 속한 인물로 보였다.

그리고 검흔. 누구도 부인할 수 없이 앞서 죽은 자들을 죽인 자의 소행임을 증명하는 같은 검흔이 있었다.

"같은 자군."

사송이 말했다. 한 번 살펴보는 것으로도 검은 쓴 자가 같은 사람임을 알 수 있었다.

"어때요?"

그사이 어느새 다가온 유왕 서리가 사송에게 물었다.

"같은 자의 소행이야. 그런데 이번에는 좀 더 힘들었나 보군."

"왜요?"

공예가 물었다.

"주변을 보거라."

사송이 시신 주변을 손으로 가리키며 말했다. 그의 말에 적월과 공예가 주변 눈밭을 살펴보다가 적월이 입을 열었다.

"확실히 조금 더 거칠게 싸웠군요. 흙이 보이는 것을 보면 이번에는 제법 고전을 한 모양이에요."

시신 주변의 눈밭 곳곳에 눈 속에 얼어 있던 흙들이 파헤쳐져 있었다. 죽은 자와 흉수의 싸움 와중에 일어난 일이 분명했다. 그리고 언 땅까지 파헤쳐진 것은 두 사람의 싸움이 무척 치열했다는 의미일 것이다.

"대체 누굴까요?"

앞서 세 명의 백색 무복을 입은 시신들을 발견했을 때와 같은 질문을 공예가 던졌다.

그러자 문득 불사 나왕이 입을 열었다.

"어쩌면 곧 알게 될 것도 같구나."

"어떻게요?"

공예가 물었다.

"죽은 자의 시신이 앞서와 달리 그리 많이 얼지 않았다. 그건 죽은 지 얼마 되지 않았다는 의미지. 이런 날씨에… 만약 죽은 자들의 동료들이 다시 흉수의 앞을 막는다면 어쩌면 우린 이번에는 그들의 싸움을 직접 볼 수 있을지도 모른다. 물론 그러자면 길을 서둘러야겠지만."

나왕의 말에 일행의 눈빛이 반짝였다.

보통의 경우라면 싸움을 피해 우회할 수도 있는 일이지만 이번 일의 주인공에 대한 호기심은 이미 참을 수 없는 유혹이 되어 있었다.

"서둡시다."

사송이 이평을 보며 말했다.

그러자 이평이 겁을 먹은 표정으로 물었다.

"흉수를 찾아보려 그러십니까?"

"그렇소."

"아니, 꼭 그러실 필요가……?"

"걱정 마시오. 그자와 싸우려는 것은 아니니까. 단지 그자가 궁금할 뿐이오."

"그래도……."

이평이 망설였다.

괜한 싸움에 말려들고 싶지 않다는 기색이 역력했다.

"좋소. 이번에는 내가 앞장서리다. 그대는 내 뒤를 따라오시오."

"뭐… 그렇다면야."

이평이 사송에게 선두를 양보했다.

"자, 가보자고. 어떤 자가 이렇게 대단한 일을 벌이는지."

사송이 재빨리 걸음을 옮겨 마차의 마부석에 올라탔다. 그러고는 눈길 위로 위태롭게 말을 몰기 시작했다.

*   *   *

"사특한 것들!"

짐승의 털가죽으로 만든 옷을 걸친 노인이 분노의 빛을 보이며 차가운 말을 내뱉었다.

"감히… 문주를 배신한 자의 입에서 나올 소리는 아닌 것 같소."

노인의 앞을 막은 두 명의 노인 중 한 명이 말했다.

그들은 각기 청홍의 장삼을 걸치고 있었는데, 얼핏 보면 무인이라기보다 변방 이족들 사이에서 하늘에 복을 빌고, 미래의 점을 치는 남자 무당으로 보였다.

그러나 청홍의 장삼을 입은 두 노인의 눈에서 흘러나오는 안광을 본 사람이라면 누구라도 이들이 무당이 아니라 대단한 무공을 지닌 무인이란 사실을 인정하지 않을 수 없었다. 그만큼 그들의 안광은 날카롭게 강렬했다.

"감언이설로 문주를 사법으로 이끈 너희들이야말로 본 문과 문주를 배신한 것이다. 너희들로 인해 천 년의 율법이 깨지고 문주가 사도의 길을 가게 되었으니 내 어찌 너희들 귀령의 술사들을 용서할 수 있겠느냐?"

노인이 강렬한 살기를 드러내며 말했다.

"모든 것은 문주께서 선택하신 일이오. 우리가 권한다 한들 문주께서 결심하지 않으면 가능한 일이었겠소? 우린 다만 천 년의 금제가 본 문의 성장에 큰 방해가 되고 있다는 것을 문주께 말씀드렸을 뿐이오. 그리고 그 금제를 약간만 벗어나면 본 문이 천하제일문이 될 수 있다는 가능성을 열어드린 것이고 말이오. 그런데 무령사 그대가 그 모든 것을 불가능하게 만들었으니 누가 과연 문의 배신자라고 할 수 있겠소?"

청홍의 노인들도 지지 않고 대꾸했다.

"천 년간 이어온 귀령의 임무는 역대의 문주께서 사특한 사법에 빠지는 것을 막아주는 것이었다. 그런데 너희들은 오히려 문주님을 사법의 세계로 이끌었어. 천륜을 어기고 인간 아닌 인간으로 살게 하려 했단 말이다. 그런데 감히 내게 배신자 운운해? 지금까지 벤 자들에게 대해선 나도 약간의 미안함이 있었다. 그러나 너희들은 달라. 정말 아주 기쁜 마음으로 목을 잘라주마! 물론 너희들의 그 잘난 귀령사도 반드시 목을 자를 것이다."

그러나 청홍의 노인들이 냉소를 흘렸다.

"우릴 겨우 무령삼호나 철목 따위로 생각한다면 그건 무령사 그대의 큰 실수일 거요. 더군다나… 귀령사 님은 감히 그대라도 옷깃조차 건들지 못할 거요. 그분은… 더 이상 오를 없는 경지에 오르셨소."

순간 무령사라 불린 노인의 얼굴이 굳어졌다.

"그게 무슨 뜻이냐? 오를 수 없는 경지라니? 설마……?"

"그렇소. 그분은 귀령안을 완성하셨소. 그러니 무령사 당신이라 해도 이제 절대 귀령사 님을 어찌할 수는 없을 것이오."

노인들의 대답에 무령사라 불린 노인의 눈에서 분노의 불꽃이 일어났다.

"그자가 기어이… 사법의 유혹에 빠져들었구나."

"사법이라 말하지만 그 모든 것이 본 문에 전해지는 무공들이오. 또한 귀령사께선 무령사 당신이 떠난 이후 본 문의 대소사를 모두 책임지셨소. 그러니 과연 누가 충신이고 누가 배신자겠소. 무령사 그대야말로 본 문의 배신자인 것이오."

"오냐. 좋다. 이미 사법의 유혹에 빠져 천 년 율법을 깨뜨린 문파라면… 내 기꺼이 배신자가 될 것이다. 그리고 율법을 깬 자들을 벌하겠다. 내가 살아 있는 한 모든 힘을 다해서. 그리고 미안하게도, 아무리 귀령사가 귀령안을 완성했다 해도 감히 본 문 무령사의 무공을 감당할 수는 없다."

스릉!

무령사라 불린 노인이 자신의 장검을 빼 들었다.

그리고 더 이상 말이 필요 없다는 듯 청홍 두 노인을 향해 걸어가기 시작했다.

번쩍!

장검이 차가운 설원의 공기를 갈랐다.

검을 따라 얼음 같은 검기가 일어났다. 그런데 설원의 쌓인 눈들이 강력한 검기가 일어남에도 허공으로 날리지 않았다. 오히려 검기의 힘에 눌리며 땅에 바싹 엎드려 머리도 들지 못했다.

쩌어억!

한껏 응축된 공기가 얼음이 갈라지는 듯한 파열음을 만들어 냈다.

"흡!"

청홍의 무복을 입은 두 노인이 자신들을 갈라오는 강력한 검기에 긴장해 숨을 들이쉬며 두 손을 들어 올렸다.

그러자 그들의 손짓에 따라 아지랑이가 피어오르듯 공기가 꿈틀거리더니 투명한 유리 막 같은 무색의 공기막이 생겨 다가오는 검기를 방패처럼 막았다.

"가소롭다!"

무령사라 불린 노인의 입에서 호통이 터져 나왔다. 그리고 그가 만들어낸 검기가 그대로 청홍 두 노인이 만든 무형의 막을 뚫고 들어갔다.

쿠오오!

순간 두 노인이 만든 진기의 방어막이 그대로 무령사라 불린 노인의 검을 휘어 감았다. 그러자 노인의 검이 움직이는 속도가 급격하게 줄어들었다.

"무령사, 우리도 예전의 우리가 아니오!"

"네놈들도 사법을 수련한 모양이구나."

검과 진기의 막이 대치한 채 양쪽의 대화가 오고 갔다.

"천하의 내공심법이란 것들은 결국은 모두가 다른 무엇인가의 진기를 얻어내는 일, 어찌 우리의 대법을 사법이라 하시오."

"사악한 궤변! 사람이라면 사람의 정혈을 얻어 무공을 완성하지 않는다! 사람이기를 포기했으니 그에 대한 대가를 치르게 해주겠다."

"무령사! 눈에 보이는 현실을 인정하시오. 당신의 검은 우리의 진기를 뚫지 못하지 않소! 후후후!"

청홍의 노인 중 청색 옷을 입은 자가 나직한 웃음을 흘렸다.

순간 무령사 노인의 눈에서 얼음장처럼 차가운 안광이 폭사했다.

"너희들이 정녕 무령사의 힘을 모르고 있구나! 견딜 수 있다면 견뎌봐라!"

노인의 입에서 호통이 터져 나오는 순간 진기의 막에 갇혀 있던 그의 검이 맹렬하게 회전하기 시작했다.

콰아아!

거친 파도가 몰려오듯 그렇게 강력한 검풍을 일으키며, 무령사라 불린 노인의 검이 눈에 보이지 않을 정도로 빠르게 회전했다.

그러자 검을 휘감고 있던 청홍 두 노인의 진기 막에 커다란 구멍이 뚫리기 시작했다. 진기 막에 균열이 생기자 무령사 노인의 검이 자유를 되찾았다.

팟!

자유를 되찾은 무령사 노인의 검에서 갑자기 투명한 검기가 뻗어나갔다.

"악!"

기습적으로 뻗어 나온 무령사 노인의 검기에 격중된 청색 무복을 입은 노인이 비명을 지르며 뒤로 날아갔다. 순식간에 진기의 막이 사라지고, 무령사 노인이 남아 있는 홍색 무복의 노인에게로 날아들었다.

"무, 무령사!"

홍색 무복의 노인이 감히 검을 막지 못하고 애원하듯 무령사 노인을 불렀다.

그러나 무령사 노인의 검에는 자비가 없었다. 그의 검이 벼락처럼 홍색 노인의 가슴을 갈랐다.

팟!

무령사 노인의 검이 지나간 자리를 따라 붉은 혈화가 피어올랐다.

후두둑!

허공으로 비산한 핏줄기가 순백의 설원을 꽃처럼 물들였다.

"커억, 커억!"

단번의 공격에 즉사한 홍색 무복의 노인과 달리 앞서 공격을 당해 눈밭에 나뒹굴고 있는 청색 무복의 노인은 아직 숨이 붙은 채 고통스러운 신음성을 토해냈다.

그런 청색 노인을 보며 무령사라 불린 노인이 말했다.

"그 짧은 고통… 너희들이 저지른 악업의 대가치고는 너무 가벼우나 나머지 벌은 지옥에서 받거라!"

죽어가는 청색 무복의 노인에게 차가운 말을 내뱉은 무령사 노인이 먼 뒤쪽에서 일단의 사람들이 자신의 싸움을 지켜보고 있다는 것을 아는지 모르는지 검을 든 채 다시 길을 가기 시작했다.

제7장
꿈

　일정한 거리를 두고 두 무리의 사람들이 설산 험로를 가고 있었다. 아니, 정확하게 두 무리라고 말할 수는 없었다. 앞서가는 자는 혼자 길을 가고 있었기 때문이다.

　그럼에도 두 무리처럼 느껴지는 것은 앞서가는 자가 보여준 놀라운 무공 때문일 것이다.

　태산 같은 기세, 날카로운 검기, 그리고 압도적인 힘. 앞서 걷는 검객은 그 모든 것을 가지고 있었다.

　"절대의 경지에 든 자일까요?"

　문득 서리가 입을 열었다.

　앞선 노검객이 압도적인 무공으로 두 명의 노고수를 베는 것을 본 이후 거의 처음으로 입을 연 유왕 서리였다.

　그리고 질문을 하는 서리의 목소리에는 은연중에 노인 검객에 대한 두려움이 묻어나고 있었다.

"글쎄… 나도 모르겠군."

자왕 사송이 고개를 저었다. 그의 대답이 정확하게 어떤 의미인지는 알 수 없었다. 자신의 실력으로는 노인 검객의 무공을 가늠할 수 없다는 것인지, 아니면 절대지경이라고까지 할 만큼은 아니라는 말인지 그 의미가 모호했다.

"불사께선……?"

역시 이런 경우에 가장 정확하게 답을 줄 수 있는 사람은 불사 나왕이다. 이미 절대의 반열에 올랐다고 알려진 불사 나왕의 무공이다. 그런 그의 눈이라면 노인 검객의 무공을 좀 더 명확하게 판단했을 것이다.

서리의 질문에 불사 나왕이 뜻밖의 대답을 했다.

"한 수 겨뤄보고 싶은 상대요."

예상치 못한 대답이지만 얼추 그 의미를 이해할 수는 있었다. 불사 나왕의 전의를 불러일으키는 무공이라면 절대의 경지를 넘보고 있다고 할 수 있었다.

"그렇게 대단한가요?"

공예가 물었다.

공예는 일행 중 무공이 가장 약하지만 꾸준히 십이천문 절정 고수들의 가르침을 받고 있어서 무공을 보는 눈은 노련한 강호 고수들에 못지않았다.

"대단한 자다."

불사 나왕이 대답했다.

"불사 대협께서 그렇다면 그런 것이긴 한데……."

공예가 살짝 말꼬리를 흐렸다.

"화려함을 보면 안 된다. 무공은."

불사 나왕이 엄한 스승처럼 공예에게 말했다. 아마도 공예가 앞서가는 검객의 무공이 화려하지 않았기에 그 진면목을 몰라봤다고 생각하는 모양이었다.

"예, 명심할게요."

공예가 금세 주눅이 든 채로 말했다.

그러자 불사 나왕이 다시 입을 열었다.

"무공이라는 것은 내공도 중요하고, 초식도 중요하지만, 가장 중요한 것은 당사자의 정신이다. 어떤 마음으로 무공을 수련했는가가 그 무인의 정신을 좌우한다. 그런데 저자의 검은… 아마도 수십 년 처절한 고독 속에서 무공을 수련했을 것이다. 그의 검이 간결하고 군더더기가 없으면서도 사람의 혼을 놀래킬 만한 강렬함을 지니고 있는 것은 고독한 수련을 통해 무공을 터득했기 때문일 것이다. 그런 검은… 무섭지. 본래 무림의 역사에서 천하제일을 다투는 무공의 주인공들은 대체로 그런 방식의 수련을 한 사람들이었다."

나왕이 자세하게 자신의 생각을 공예에게 말해주었다.

그러자 공예가 물었다.

"그럼 저 사람이 천하제일인일 수도 있다는 건가요?"

"그야… 모르지."

나왕이 말했다.

"불사 대협님과 겨루면 어떻게 되나요?"

공예가 다시 물었다.

그러자 불사 나왕이 같은 대답을 했다.

"그 역시 모른다."

이번 대답에서는 자신의 무공에 대한 자신감 같은 것이 묻어나는 불사 나왕이다.

"사부님의 무공과는 다른 느낌이 있습니다만."

이번에는 적월이 입을 열었다.

"그렇게 느꼈느냐?"

불사 나왕이 공예에게 말할 때와는 달리 부드러운 표정으로 물었다. 고수들의 무공에 은밀히 흐르는 색깔 차이를 알아챈 적월에 대한 기특함이 묻어나는 말투다.

"예, 그래서… 만약에 겨루신다면 전 사부님께 패를 걸겠습니다."

"허어, 이놈이! 사부를 두고 내기를 하겠다는 거냐?"

나왕이 그래도 자신의 승산을 점치는 적월의 말이 기분 나쁘지 않은지 농을 했다.

"내기를 하겠다는 게 아니라, 싸움의 결과가 그렇게 보인다는 거지요."

적월이 대답했다.

"왜 그렇게 생각하지? 그의 무공을 자세히 본 것은 아니잖니?"

유왕 서리가 적월에게 물었다.

그러자 적월이 진지한 표정으로 대답했다.

"저 사람의 검은 사부님의 말씀대로 오랜 세월 외로운 수련을 통해 완성된 무공인 것 같습니다. 그래서 자신만의 독특한 기세를 가지게 된 것이겠지요. 하지만 사부님의 무공은 그러한 수련

뒤에 한 가지가 더 더해졌어요."

"그게 뭔데요?"

이번에는 공예가 물었다.

"수백 번의 실전, 그것도 사선(死線)의 경계를 넘나드는 실전이지. 그런 경험은 무공의 격차조차 무색하게 만든다고 하셨지요?"

적월이 마지막에는 나왕에게 물었다.

"그 말은 무공으로는 내가 저자에게 밀린다는 말이냐?"

"아뇨. 그런 말은 아니고요. 단지 사부님께서는 보통의 무인들이 갖지 못한 다른 무기 하나를 더 가지고 계시다는 말이지요."

적월이 대답했다.

그러자 나왕이 빙그레 미소를 지었다.

"솔직하게 말하자면… 비무를 하면 어떨지 몰라도 목숨을 걸고 싸우자면 난 저자를 벨 자신이 있다."

나왕이 자신 있게 말했다.

"벌써 그의 허점을 파악하셨군요."

"허점을 파악한 게 아니라 약점을 본 거지. 그의 검은… 어쨌거나 혼자만의 수련을 통해 얻은 무공이라 조금은 고지식한 면이 있었다. 강함으로 모든 것을 해결하려는 고지식함 같은 것이지. 실전에선 그것이 큰 약점이 되기도 한단다."

불사 나왕이 적월과 공예에게 가르침을 줄 기회라는 듯 진지한 표정으로 말했다.

"고지식한 무공이라… 과연 듣고 보니 그런 면이 있는 것 같소이다. 나도 왠지 모르게 답답함을 느꼈는데. 처음에는 그저 저자의 무공이 너무 강렬해서 그런 느낌이 드나 했더니 이제 보니 무공의 고지식함 때문인 것 같구려."

사송이 고개를 끄떡였다.

"그 말은 저자의 성정도 무척 고지식하단 의미겠죠?"

서리가 물었다.

"뭐, 무공이야 사람 성격 따라가니까 그렇다고 봐야지."

사송이 고개를 끄떡였다.

그러자 뒤늦게 화명이 조심스레 입을 열었다.

"도대체 그는 누구일까요? 그리고 죽은 자들은 또 누구고……"

자신들의 일을 해결하기도 벅찬 화명과 수월이다.

그런 곤륜행에 예상치 않은 일들이 벌어지고 있으니 한편으로는 불안한 모양이었다.

"아마도 곤륜에 뿌리를 둔 문파의 내분으로 보이는데… 곤륜에 저런 고수가 있다는 소문은 듣지 못했으니 역시 세상에 알려지지 않은 문파들일 것이고. 또, 마지막에 죽은 두 사람은 환술을 쓰는 것 같았으니 어쩌면……"

사송이 이리저리 검객과 죽은 자들의 정체를 추론하며 말꼬리를 흐렸다.

"사파일까요?"

서리가 물었다.

"정사 중간이라고 해야겠지. 죽은 자들의 환술은 사파의 무공에 가까웠지만 저자의 무공은 사기가 한 올도 없으니… 그런데 참 특이한 문파야. 저런 검객을 키워냈으면서도 환술 역시 대단한 경지에 이른 고수를 데리고 있으니… 대체 어떤 문파일까?"

마지막에는 사송도 결국 검객과 죽은 자들에 대한 의문으로 말을 끝냈다. 그러나 그의 의문에 답을 해줄 사람은 장내에 없었다.

일행은 그렇게 길 위에서 만난 검객과 그의 손에 죽어간 자들에 대해 두런두런 이야기를 나누며 길을 이어나갔다.

그러다가 어느 순간 두 개의 설봉 사이로 난 야트막한 언덕을 넘게 되었는데, 그 정상에 섰을 때 일행은 그들이 드디어 이 긴 여행의 목적지에 도달했다는 것을 깨달았다.

"아!"

누가 먼저랄 것도 없이 사람들 입에서 탄성이 흘러나왔다.

사방으로 둘러선 설봉들, 순백의 눈을 얹고 있는 숲들, 그리고 그 가운데 온화한 기운이 흘러나오는 마을 설향이 있었다.

비록 이름은 설향이지만, 마을은 그들이 지나온 곤륜의 다른 마을들과는 확연히 달랐다.

온화한 기후 때문인지 눈 덮인 산 아래로 초록빛이 두드러지게 보였고, 그 이질적인 풍경 덕에 이곳은 세상과 격리된 다른 어떤 세계에 존재하는 것처럼 보였다.

"설향입니다. 좋은 곳이죠."

이평이 설향이라는 마을을 한마디로 표현했다. 그의 말대로 마을 설향은 좋은 땅이었다.

"어떻게 이런 땅이 존재하죠? 이 추운 곤륜 겨울에……."

공예가 믿지 못하겠다는 듯 중얼거렸다.

"그 이유야 나도 모르지만 설향은 여름에는 농사도 지을 수 있는 곳이라오."

이평이 부드러운 표정으로 말했다.

운하촌 촌장의 비밀스러운 명을 받고 일행을 따라온 이평이지만, 그에게도 공예만큼은 귀엽게 보이는 모양이었다.

"아쉬운 것은 조금 좁군요."

이번에는 적월이 말했다. 그의 말처럼 눈 속에서 초록을 볼 수 있는 마을의 넓이는 그리 넓지 않았다. 마을의 규모도 겨우 이십여 호의 집들이 있을 뿐이었다.

"크기는 작아도 있을 것은 다 있다네, 소형제. 객잔도 있고, 주루도 있고… 상점들도 있지. 곤륜의 오지에 사는 사람들은 설향으로 와서 약초나 짐승 가죽을 팔고, 사천에서 들여온 물건들을 사 가네. 그래서 설향은 근방에 사는 사람들에게 무척 중요한 마을이라네."

이평이 설향이라는 마을에 대해 좀 더 자세하게 설명했다. 그의 설명에 사람들이 저마다 고개를 끄떡이는데 불사 나왕이 무심하게 말했다.

"가지."

불사 나왕이 말하자 이평이 얼른 앞으로 나서며 말했다.

"이곳부터는 제가 앞장서지요."

사실 노인 검객의 싸움을 보기 위해 움직인 이후 일행의 선두는 늘 사송이었다.

이평이 강호의 싸움을 겁내는 것 같았기에 그리된 것인데 설향에 이르자 이평이 다시금 자신의 본분인 길잡이 노릇을 하겠다고 나선 것이다.

사실 이곳부터는 길잡이가 필요 없는 길이었다. 그러나 사람들은 아무 말 없이 이평에게 길잡이를 맡겼다.

이평이 앞서가고 일행이 그 뒤를 따랐다. 그사이 그들을 앞서 가던 노인 검객은 이미 마을 설향의 입구에 이르러 있었다.

이평은 일행을 설향에 있는 두 개의 객잔 중 남쪽 객잔으로 안내했다. 이유는 간단했다. 앞서간 노인 검객이 남쪽 객잔으로 들어갔기 때문이다.

이평은 그를 두려워했지만, 십이천문의 사람들이 그에 대해 호기심을 갖고 있다는 것을 알기에 그가 들어간 객잔을 숙소로 정하는 것은 당연한 일이었다.

온화한 기후의 설향이었지만, 객잔은 북방 특유의 집들처럼 지붕이 낮았다. 그래서 이 층에 방을 잡았지만 창문 밖의 풍경이 손에 잡힐 듯 가까웠다.

일행은 객잔에 들자마자 이른 저녁을 먹고 각자 잠자리에 들었다. 오랜 여행 끝에 만난 편안한 잠자리가 일행을 금세 깊은 잠에 빠져들게 만들었다.

하지만 쉽게 잠들지 못하는 사람들도 있었다. 이 여행의 주인공인 화명과 수월 두 여인이었다.

"결국 왔네."

"그러게. 정말 이곳까지 왔어."

화명의 말에 수월이 대답했다. 두 사람은 십이천문의 사람들과 떨어져 작은 객방에 들어와 있었다.

"…이젠 어떻게 하지?"

"…글쎄……."

설향까지가 그녀들과 십이천문의 사람들이 목적지를 정하고 올 수 있는 가장 최후의 장소였다. 이제부터는 더 이상 목적지를 정하고 갈 수 없었다.

그녀들이 어린 시절 도주하듯 떠났던 본 가가 어디인지, 그 이름이 뭔지 전혀 알 수 없는 상태였기 때문이다. 분명 설향에서 이어지는 그 어딘가에 존재하겠지만, 그곳을 찾는 것이 그리 쉬운 일은 아니었다.

"기억을… 좀 더 되살려 봐야겠어."

"가능할까?"

"기억 속에 남아 있는 지형이라든가, 혹은 건물의 특징이라든가… 아!"

갑자기 화명이 나직하게 탄성을 자아냈다.

"왜?"

화명의 갑작스러운 탄성에 놀란 수월이 화명을 돌아봤다.

"생각해 봐. 우리가 본 가에서 살았던 시절 놀던 곳, 곰을 만나고 마누 아저씨가 우릴 구해줬던 그때를 말이야."

"그게 왜……?"

수월이 다시 물었다.

"그때 우리가 놀던 곳이 눈 덮인 곳이었니?"

"그건… 아니지. 녹색 숲이 울창했던 것 같은데……."

수월이 기억을 되살리려는 듯 눈살을 찌푸리며 말했다.

"그래, 맞아. 바로 이 설향처럼 녹색의 숲이었어. 이 곤륜에서 그런 숲이 있는 곳은 그리 많지 않을 거야."

화명이 말했다.

"하지만 이곳도 짧지만 여름이 있잖아. 그때는 녹색 숲이 특별
한 장소는 아니지."

"잘 생각해 봐. 수월, 그 숲의 기억 속에서 눈이 있었던 시기
가 있었어? 내 기억에는 없어. 그건 곧 그 숲이 사시사철 눈이
없는 푸른 숲이었다는 거야."

"음… 아… 모르겠어. 모르겠어. 난 기억이 나지 않아."

수월이 고개를 저으며 말했다.

그러나 화명은 확신을 가지고 있는 것 같았다.

"좀 더, 좀 더 생각해 보자. 그러면 그 숲으로부터 기억을 되
살려 본 가의 모습이나 다른 것들을 떠올릴 수 있을지도 몰라."

"그렇긴 한데… 난 지금 머리가 너무 아파!"

수월이 침상에 몸을 뉘며 말했다. 아마도 과거의 기억을 억지
로 떠올리려다 보니 두통이 오는 모양이었다.

"그래. 천천히 조금씩 기억해 보자. 힘들면 쉬어. 난 좀 더 생
각을 해봐야겠어."

화명이 이번에야말로 확실히 자신의 기억을 되살리겠다는 듯
손으로 턱을 괴며 말했다.

"미안해. 난 좀 자야겠어."

수월이 말했다.

"그래. 눈 좀 붙여. 난 조금 이따가 잘게."

화명이 수월에게 말했다.

　　　　　*　　　　　*　　　　　*

숲은 평화로웠다. 하늘을 가리는 푸른 침엽수 사이로 햇살들이 날카롭게 파고들었다. 숲을 넘어 먼 곳으로 보이는 흰 설봉들이 마치 하늘에 떠 있는 것처럼 보였다.

소녀들은 초봄에 피는 들꽃은 꺾기도 하고, 굵은 나무기둥을 쪼아대는 딱따구리를 구경하기도 하며 숲을 뛰어다녔다.

평화로운 오후였다. 누구도 소녀들의 행복을 깨지 못할 것 같았다.

그런데 어느 순간 거대한 곰이 소녀들을 덮쳐왔다. 소녀들은 곰을 발견하자 멀리 보이는 자신들의 집을 향해 달렸지만 곰은 단숨에 소녀들을 따라붙었다.

그러고는 소녀들의 머리보다도 큰 발을 들어 소녀 중 한 명을 내려치려는 순간, 눈부신 빛이 허공을 갈랐다.

그리고 갑자기 소녀들의 머리 위에서 곰의 존재가 사라졌다. 대신 한 명의 사내가 겁에 질린 소녀들을 보며 말했다.

"아기씨들, 그러게 제가 몰래 숲에 오지 말라고 했지요?"

마차가 위태로운 사천의 잔도를 무서운 속도로 달렸다. 곧이라도 돌부리에 채여 절벽 아래로 튕겨져 나갈 것 같은 마차 속에서 소녀들은 서로를 껴안고 공포에 질려 있었다.

뒤쪽으로 열린 창을 통해 먼지를 일으키며 추격해 오는 말 탄 검객들이 보였다. 얼마 전까지만 해도 자신들을 아가씨라 부르면 미소 짓던 검객들이 오늘은 번쩍거리는 검을 빼 든 채 소녀들을 잡기 위해 질주해 오고 있었다.

소녀들은 자신들에게 일어나고 있는 일들을 도저히 이해할 수 없었다. 왜 자신들이 도망을 가야 하고, 또 왜 저 아저씨들이 자신들을 잡으려 하는지, 그녀들이 알 수 있는 것은 아무것도 없었다.

한순간 소녀들은 어두운 동굴 속에서 눈을 떴다. 그러자 그녀들의 눈에 자신들을 내려다보고 있는 중년 사내의 얼굴이 보였다.

그녀들이 깨어난 것을 안 사내가 말했다.

"모든 것을 잊으세요. 오늘 이후 절대 과거를 기억하려 하지 마세요. 그래야… 두 분 아기씨가 살 수 있습니다. 이 마누가 두 분께 해드릴 수 있는 것은 여기까집니다. 아기씨들… 부디 천수를 누리시길!"

그 말을 남기고 사내가 소녀들의 시야에서 멀어지기 시작했다. 소녀들이 그를 향해 몸을 일으키려 했지만, 그녀들의 몸은 굳은돌처럼 움직이지 않았다.

겨우 고개를 돌리자 어느새 등을 돌린 사내의 뒷모습만 눈에 들어왔다. 설산에서만 구할 수 있는 잿빛 늑대의 털가죽으로 온몸을 감싼 사내의 뒷모습이었다.

거대한 곰으로부터 자신들을 지켜주던 그 듬직한 어깨, 그리고 업히면 엄마 품보다 푸근하던 털가죽 옷… 그 사내가 그녀들을 버리고 떠나고 있었다.

그런 사내를 향해 소녀들이 절규하듯 외쳤다.

"아저씨, 가지 말아요! 마누 아저씨, 가지, 제발 가지 말아요!
우릴 버리지 말아요!"

수월이 허공에 대고 손을 휘저으며 잠꼬대를 해댔다.

"수월, 정신 차려!"

수월의 잠꼬대에 잠에서 깨어난 화명이 가위에 눌린 수월을
흔들어 깨웠다.

"아저씨!"

순간 수월이 눈을 뜨며 화명의 팔을 꽉 잡았다.

그러고는 어리둥절한 표정으로 화명과 자신이 잠들었던 객방
을 둘러보았다.

"가위에 눌렸구나?"

화명이 혼이 빠진 듯 보이는 수월의 이마에서 땀을 훔쳐냈다.
그러자 수월이 넋을 잃은 사람처럼 중얼거렸다.

"익숙해… 너무……."

"무슨 소리야? 뭐가 익숙하단 거야?"

화명이 물었다.

"그 사람……."

"누구?"

"그 노검객 말이야."

"노검객? 오면서 본 그 검객?"

"응……."

"그가 왜?"

"그 사람… 마누 아저씨 같아."

십이천문의 사람들이 아침부터 심각한 표정으로 한 객방에 모여 있었다. 그들 사이에는 화명과 수월이 앉아 있었는데, 두 사람은 이미 자신들이 할 말을 모두 끝낸 후였다.

말을 끝낸 그녀들은 급한 마음에 어쩔 줄 몰라 하고 있었다. 가끔은 객방 창문을 통해 아래를 살피기도 했다.

그런 그녀들과 달리 십이천문의 사람들은 무척 신중했다. 수월이 한 이야기를 믿을 수도, 믿지 않을 수도 없었기 때문이다.

"일단 확인은 해봐야지 않겠소?"

사송이 입을 열었다.

그의 시선이 나왕을 향해 있다.

"그렇기는 한데… 위험한 일이기도 하오. 그가 우리가 예상했던 사람이 아니면, 자칫 두 사람의 정체만 드러나 위험한 지경에 처할 수 있소. 이곳은 곤륜이오. 두 사람의 기억대로라면 우리가 찾는 문파의 힘을 예측할 수 없는 상황인데, 자칫 이곳에서 고립되기라도 하면……."

"하지만 이대로 그분을 보낼 수는 없습니다."

수월이 단호한 표정으로 말했다.

그러자 나왕이 경고했다.

"그 한 번의 결정이 모든 일을 수포로 돌아가게 할 수도 있소. 만약 일이 잘못되어 그대들 본 가의 공격을 받게 된다면 난 십이천문의 안위를 가장 먼저 생각할 거요. 그런 위험을 감수하겠소?"

누군가의 공격을 받는다면 청부를 중지하고 돌아가겠다는 말이나 다름없었다.

나왕의 질문에 수월이 잠시 당황한 표정을 보이다가 이내 고개를 끄떡였다.

"그래도 좋습니다. 전 제 기억을 믿어요."

단호한 수월의 태도에 나왕도 더 이상 그녀들의 뜻을 반대할 수 없었다.

"그렇다면 좋소. 그럼 확인해 봅시다. 그런데 직접 가시겠소?"

나왕이 수월에게 물었다. 그러자 이번만큼은 수월과 화명 모두 망설였다.

"제가 가보지요. 이런 일에는 역시 여인이 나서는 것이 좋겠지요. 첫 만남에서 경계를 누그러뜨릴 수 있으니까요. 이야기를 나눌 기회를 얻을 수 있을 거예요."

유왕 서리가 앞으로 나섰다.

"그래주시겠어요?"

수월과 화명이 반가운 표정으로 물었다.

그러자 서리가 고개를 끄떡였다.

"그렇게 하죠. 하지만 나 역시 불사 대협의 우려처럼 걱정이 되는군요. 이쪽의 정체를 드러내야 하는 일이라서……."

"……."

서리의 말에 수월과 화명 두 사람 다 입을 열지 않았다. 하지만 그 표정은 이미 이 일이 되돌릴 수 없는 결정이란 것을 말해 주고 있었다.

"좋아요. 두 사람 뜻이 확고하다면."

유왕 서리가 자리에서 일어났다.

"조심해. 그는 고수야."

사송이 걱정스러운 표정으로 주의를 줬다.

"나도 알아요. 하지만 나 역시 그의 손에 죽을 정도는 아니지
요."

유왕 서리가 담담하게 대답하고는 객방을 나섰다.

장내는 긴 침묵에 빠졌다. 아마도 그 침묵은 유왕 서리가 돌
아올 때까지 계속될 것이 분명했다.

"아, 그분이요? 그분은 이미 새벽에 길을 떠나셨는데……."

"벌써 떠났다고요?"

유왕 서리가 당황한 표정으로 되물었다.

이제 겨우 해가 떠오른 시간이었다. 그런데 벌써 길을 떠났다
니 이건 전혀 예상치 못한 일이었다.

"동이 틀 무렵 떠났습니다. 아침도 먹지 않고. 무슨 급한 일이
있는지 급히 떠나더라고요."

"혹, 어디로 갔는지는 모르나요?"

"그야 저는 모르죠. 하지만 사천으로 돌아갈 것 같지는 않더
군요. 몇 가지 준비한 물품을 보면 곤륜 안쪽으로 더 여행을 할
것 같았습니다."

객잔 주인이 갑자기 떠난 손님을 찾는 서리가 이상하다는 듯
바라보며 대답했다.

"알았어요. 아! 우리 일행도 곧 떠날 겁니다. 말과 마차를 준
비해 주세요."

"아니, 벌써 말입니까? 아침은……?"

"시간이 없군요."

유왕 서리가 짧게 대답하고는 서둘러 일행이 머물고 있는 이 층 객방으로 향했다.

"제길, 아침 장사가 이문이 좀 남는데. 다들 아침 굶고 떠나겠다니, 갑자기 아침 굶는 병에들 걸렸나?"

이 층으로 올라가는 서리를 보며 객잔 주인이 투덜거렸다.

서리가 가지고 온 소식은 화명과 수월 두 여인을 한순간에 절망에 빠뜨렸다.

그들이 정체를 확인하고자 했던 사람이 아침 새벽에 객잔을 떠났다는 소식이기 때문이었다.

"그럼 이제 어쩌죠?"

두 사람을 대신해 공예가 물었다. 공예는 덩달아 마음이 급한 모습이었다.

"따라잡으려면 못 할 것도 없지만……."

유왕 서리가 말꼬리를 흐렸다.

"추격한다?"

사송이 서리에게 되물었다.

"그래봐야 한 시진 안쪽이에요. 오라버니라면 충분히 따라갈 수 있잖아요? 더군다나 마을을 벗어나면 설원인데… 설향을 떠나 곤륜 안쪽으로 여행하는 사람이 많은 것도 아니고."

하기사 서리의 말이 맞았다.

자왕 사송으로 말하자면 천부적인 감각으로 사람을 추적하는

데 타의 추종을 불허하는 능력을 지닌 사람이다. 그러니 마음만 먹는다면 새벽에 떠난 사람을 충분히 따라잡을 수 있었다.

"하지만 그건 그의 정체를 물어보는 것보다 더 위험한 일이야. 그가 누군가와 싸우면서 전진한다는 사실을 알고 있잖아?"

"두 사람의 말이 사실이라면 그 누군가가 바로 우리가 찾는 사람들일 수도 있지요."

유왕 서리가 화명과 수월을 보며 말했다.

그러자 수월이 고개를 끄떡였다.

"그럴 것 같아요."

"이미 수십 년이 지난 기억이오."

불사 나왕은 냉정했다.

"사람의 얼굴은 변할 수 있지요. 하지만 그 독특한 기도는……."

수월이 말꼬리를 흐렸다.

"하아… 이것 참 흉인지 길인지 모를 단서로세. 하지만 아니 갈 수도 없지 않소? 그가 정말 그 옛날 두 사람을 데리고 탈출한 마누라는 사람이라면 그를 만나는 순간 우리 일은 끝나게 될 거요."

사송이 나왕을 보며 말했다.

이른 아침부터 수월과 화명이 달려와 한 말은 바로 이것이었다.

하룻밤의 악몽 같은 꿈속에서 수월이 과거 마누 아저씨라 불리던 사내의 얼굴을 어렴풋이 기억해 냈고, 그 사람이 바로 그들이 설향으로 오며 뒤따르게 된 그 노검객이라고 지목한 것이다.

그리고 수월이 말했다.

꿈의 기억이 그를 되살린 것이 아니라 길 위에서의 그의 모습이 자신에게 그런 꿈을 꾸게 한 것이라고.

수월의 꿈에 화명까지 동조하고 있어서 십이천문의 사람들로선 그녀들의 말을 함부로 무시할 수 없는 상황이었다.

그래서 위험을 무릅쓰고 노인 검객의 신분을 확인하기 위해 유왕 서리가 움직인 것인데, 노검객은 이미 객잔을 떠나 버렸던 것이다.

"그를 만나 그의 신분이 두 사람이 생각한 것과 같다는 것을 확인하는 순간 그대들은 그를 공격했던 자들의 공격을 받게 될 거요."

나왕이 재차 경고했다.

그러자 화명과 수월 두 사람이 대답했다.

"이미 각오했던 일이에요."

두 사람의 의지가 확고한 것을 확인한 나왕이 그제야 고개를 끄떡였다.

"좋소. 그럼 그를 따라가 봅시다. 그전에……."

"말씀하세요."

"그를 만나면 가부간에 청부의 대가를 받아야겠소."

나왕이 냉정하게 말했다. 그러자 화명과 수월이 잠시 망설이다가 이내 고개를 끄떡였다.

"좋아요. 그렇게 하죠."

"좋소. 그럼 떠납시다."

나왕이 검을 들고 자리에서 일어났다.

　　　　*　　　　　　*　　　　　　*

　더 이상 마차가 갈 수 없는 길이 시작됐다.

　그런데 두껍게 쌓인 눈 위를 걸으면서도 노인의 발은 발목 이
상 눈 속으로 들어가지 않았다. 출중한 내공을 지닌 무인만이
보여줄 수 있는 걸음걸이. 거기에 걷는 속도가 일정해서 마치 누
군가 그렇게 걸으라고 강요하는 듯한 느낌마저 들었다.

　그러나 그런 그조차도 걸음을 멈출 수밖에 없는 일이 생겼다.

　그의 앞을 막아선 다섯 명의 무인을 발견했기 때문이다. 중년
의 다섯 무인은 하나같이 긴 장검을 등 뒤에 메고 있었는데, 이
들이 오랜 세월 함께 수련해 왔다는 것을 증명하는 것 같은 모
습이었다.

　"천무위까지……."

　노인이 중얼거렸다.

　그러자 노인을 막아선 자들 중 한 명이 앞으로 나서며 노인에
게 포권을 해 보였다.

　"무령사, 오랜만에 뵙습니다."

　"그렇군. 이십오 년 전 나에 대한 추격전에 참여했었지?"

　"그렇습니다."

　"허어, 역시 세월이 많이 흘렀어. 자네도 늙으려는 것을 보
면……."

　그러자 사내가 우울한 표정을 지으며 말했다.

　"돌아오시지 말았어야 했습니다."

"그러나 돌아와야 했네."

"문주님과 무령사님은 만나지 않는 것이 좋습니다."

"내가 돌아가지 않으면 문주께서도, 주모께서도 불행한 노년을 보낼 수밖에 없으니까. 또… 본 문도 그 맥이 다할 테지."

"하지만 복귀하신다면 무령사께선 돌아가실 겁니다."

"물론… 아마도 그렇겠지."

노인이 고개를 끄떡였다. 그러나 노검객은 자신의 죽음을 이야기하는 사람답지 않게 덤덤했다.

"두 분… 아기씨는 어찌 지내십니까?"

사내가 어렵게 물었다.

"모르네."

노인이 짧게 대답했다.

"이미… 때가 지났습니다."

사내가 말했다.

"알고 있네. 그래서 내가 돌아온 것이기도 하고."

"그럼 이제 두 분 아기씨의 귀환을 생각하셔도 되지 않습니까?"

"결코… 그분들은 문으로 돌아오지 않을 걸세. 나조차도 그분들의 행적을 모르니 이제 세상에서 그분들의 행적을 아는 사람은 단 한 명도 없네. 그러니……."

"철저하시군요."

사내가 노인답다는 듯 고개를 끄떡였다.

"두 분에게 본 가는 그리 좋은 곳이 아니네. 죽었는지 혹은 살았는지 모르겠지만 살아들 계신다면 난 그분들이 문으로 돌아오는 것을 반대할 걸세."

"그분들은 본 문의 유일한 적통 후계자들이십니다."

"그만!"

갑자기 노인이 일갈했다.

그 소리에 설산이 뒤흔들리는 것 같았다. 그러자 사내가 두려운 빛을 보이면서도 말을 이어갔다.

"이젠 문주께서도 두 분을 반기실 것입니다."

"…애초에 두 분을 포기한 순간 두 분은 더 이상 문주님의 혈육이 아닌 것일세. 지금 두 분이 돌아오시면 문주께선 자신의 부끄러운 과거를 덮으려 하실 거야. 그래서 지금도 여전히 두 분은 위험하네."

노인이 단호하게 말했다.

그러자 사내가 망설이는 듯하다가 어렵게 입을 열었다.

"설마… 정말 그 소문이 사실인 겁니까?"

"소문? 무슨 소문 말인가?"

"두 분 아기씨의 혈통에 대한 흉흉한 소문이 한때 떠돌았지요."

"혈통? 그건 또 무슨……?"

"문주님이 아닌 다른 사람의 혈통이라는……!"

"닥치게!"

순간 노인의 눈에서 분노의 열기가 치솟았다.

그러자 사내가 본능적으로 서너 걸음 뒤로 물러났다. 그러자 노인이 다시 물었다.

"대체 어떤 자가 그런 천인공노할 소리를 한단 말인가?"

"그것이… 무령사께서 문을 떠나신 이후 은연중에 그런 소문이 돌았습니다. 무령사께서 두 분 아기씨를 데리고 문을 떠난 이유가……."

사내의 말에 노인의 시퍼런 안광이 차가운 불꽃처럼 타올랐다. 당장에라도 그 차가운 불꽃으로 세상을 얼려 버릴 것 같았다.

그러나 그것도 잠시, 어느 순간부터 노인의 눈에서 분노가 사라졌다. 그러다가 갑자기 실성한 사람처럼 웃음을 터뜨렸다.

"핫하하!"

"무령사……."

중년 사내가 당혹한 얼굴로 노인을 불렀다.

"정말 간악한 일 아닌가. 자신의 죄악을 덮으려 자식의 혈통까지 더럽히다니. 흐흐흐……."

"무령사, 대체 그게 무슨……?"

"그 소문의 근원은 둘 중 하나네. 문주 자신이거나 혹은 그 간악한 귀령사이거나… 아니, 그런 소문이 문내에 도는데도 그에 대한 부인이나 조사가 없었다면 그건 두 사람 모두가 그 소문을 낸 주인공이란 뜻이겠지. 어떻게든 내가 두 분 아기씨를 데리고 탈출한 진정한 이유가 문도들에게 널리 퍼지는 것을 막고 싶었을 테니까. 그래서 두 분 아기씨의 혈통을 더럽히는 소문을 낸 것이겠지. 후후후, 그래서 두 분 아기씨의 생부(生父)가 나라던가?"

노인의 물었다.

그러자 사내가 대답을 하는 대신 굳게 입을 다물었다. 그러자 노인이 다시 물었다.

"자네도 그 소문을 믿었나?"

"제가 어찌 감히……."

사내가 얼른 고개를 저었다. 그러자 노인이 다시 분노의 음성을 흘려냈다.

"그 사악한 대법은 오직 고귀한 천주의 혈통을 이은 사람을 통해서만 가능한 일인 것을……."

"그런… 것입니까?"

사내가 되물었다.

"모르고 있었단 말인가?"

"저흰 단지 특별한 체질을 타고난 사람이라면 누구라도……."

"허허허, 귀령사 이 사악한 자가 문도들 모두를 속였군."

노인이 허탈한 웃음을 흘렸다.

그러자 사내가 혼란스러운 표정으로 물었다.

"정말 이 모든 게 문주님과 귀령사 두 분의……?"

"길을 열어주게. 가서 확인시켜 주겠네. 내가 직접 문주님을 만나서……."

"그건……."

사내가 망설였다.

"끝까지 막아서겠단 말인가?"

"그것이 문주님의 명이셨습니다."

"정확히 말해보게. 문주님의 명인가, 귀령사의 명인가?"

노인이 다시 물었다.

"문주님께서 직접 제게 명하셨습니다."

사내가 말했다.

"후우… 그럼 어쩔 수 없이 자네들을 꺾어야겠군."

노인이 한숨을 내쉬며 검을 잡아갔다.

그런데 그때 문득 사내의 눈빛이 변하더니 조금 차가운 목소리로 물었다.

"혹, 외인을 데려오셨습니까?"

사내의 말에 노인이 의아한 표정을 짓더니 사내의 시선을 따라 고개를 돌렸다. 그러자 멀리 자신이 온 길을 따라 말을 몰아오는 한 무리의 사람들이 보였다.

"저자들이 대체 왜 이곳까지……?"

제8장
소란스러운 만남

　노검객도 그들의 존재를 알고 있었다. 곤륜으로 오는 도중에서 만난 여행객들, 물론 그들이 평범한 여행객이 아님도 알고 있었다.

　그중 몇몇은 노인도 승부를 예측할 수 없을 만큼 강한 기도를 가지고 있었다. 그러니 그들은 무림인이 분명했다.

　그들은 자신의 싸움을 구경하며 설향까지 자신의 뒤를 따라왔었다. 그럼에도 불구하고 노인은 그들의 행동을 제어하거나, 그들의 정체를 묻지 않았다.

　그들에게서 자신에 대한 호기심 말고는 어떤 감정도 느낄 수 없었기 때문이다.

　그로서는 자신의 과거를 정리하기 위해 가는 길에 쓸데없는 인연을 만들고 싶지 않았다. 그것이 좋은 인연이든, 나쁜 인연이

든 삶의 정리를 위해 가는 사람에게는 귀찮은 일이기 때문이었다.

그래도 혹시 계속 자신을 따라올까 봐 설향의 객잔에서는 날이 밝기도 전에 떠났던 노인이었다.

그런데 이 싸움 구경꾼들이 기어코 이곳까지 자신을 따라왔던 것이다.

"싸움 구경에 목숨을 건 자들이란 말인가?"

무령사라 불린 노인이 눈살을 찌푸리며 중얼거렸다.

"모르는 사람들이란 뜻입니까?"

그를 가로막았던 사내가 물었다.

"날 따라오긴 했지. 단지, 싸움 구경꾼들이지만."

"싸움 구경꾼이라… 설향에 도착하기 전 상대하셨던 문의 형제들과의 대결을 말씀하시는 겁니까?"

"그렇다네."

"고약한 자들이군요. 타 문의 내분을 재미 삼아 따라다니며 구경하다니……."

"그게 무림인의 특성이니까."

노인이 별일 아니라는 듯 말했다.

그러나 사내의 마음은 그렇지 않은 모양이었다.

"그렇다 해도 감히 본 문의 행사를 훔쳐보는 것은 용납할 수 없는 일이지요."

"숨어서 보는 것이 아니니 훔쳐보는 것도 아니고……."

"그럼 더욱더 용서할 수 없는 일입니다."

사내가 말했다.

그러자 노인 검객이 퉁명스럽게 물었다.

"그래서 지금 이 지경에 저들에게 훈계라도 하겠다는 건가?"

"못할 것도 없지 않습니까?"

사내가 다부진 표정으로 대답했다.

그러자 노인 검객이 고개를 저었다.

"그런 생각 말게. 저들 중에 대단한 고수가 있어."

"……?"

노인의 말에 사내가 노검객을 바라봤다. 그는 노검객에 대해 누구보다 잘 알고 있는 사람이었다. 그가 속한 문파의 최고고수일 수도 있는 사람이 노검객이었다.

문에 있을 때, 모든 젊은 후기지수들의 선망이었던 존재. 무공만으로는 지금도 존경하지 않을 수 없는 노인이었다.

그런 노인이 꺼려하는 고수가 남의 싸움이나 쫓아다니며 구경한다는 것을 믿을 수 없었다. 아니, 그것보다도 이 곤륜의 깊은 산속에서 그런 고수를 만난다는 것 역시 믿기 힘든 일이었다.

두 사람이 그렇게 자신들을 향해 다가오고 있는 불청객들에 대해 이야기하는 사이 십이천문의 사람들이 어느새 장내에 도착했다.

틱!

장내에 도착하자마자 다급한 표정으로 앞으로 나서려는 화명과 수월의 어깨를 유왕 서리가 급히 잡았다.

그러자 두 사람이 고개를 돌려 유왕 서리를 바라봤다.

"왜?"

한순간이라도 빨리 노인 검객의 정체를 확인하고 싶어 하던 두 여인이 다급하게 물었다.

그러자 서리가 고개를 저으며 나직하게 말했다.

"그는 지금 혼자가 아니에요."

유왕 서리가 경고하듯 말했다.

순간 화명과 수월은 자신들이 너무 성급했다는 것을 깨달았다. 비록 노검객이 그들이 생각하는 마누 아저씨라 해도, 지금 그에게 자신들의 정체를 밝히는 것은 노검객과 대치하고 있는 자들에게도 자신들의 정체를 밝히는 것과 마찬가지였다.

"당신들은 누군가?"

그사이 노검객과 대치하고 있던 중년 사내가 십이천문의 사람들에게 차가운 목소리로 물었다. 목소리 중에 살기까지 스며들어 있는 것 같았다.

"그러는 당신은 누구지?"

사송이 물었다. 덤덤한 그의 물음이 날카롭던 사내의 기세를 한순간에 허무하게 만들었다.

그리고 사내는 사송의 질문에 제대로 답을 하지 못했다. 그역시 자신들의 정체를 외인에게 밝힐 수 없는 사정이기 때문이었다.

"여기까지 싸움 구경을 하러 오신 거요? 그렇다면 조금 집요한 면이 있구려. 이는 강호의 예법이 아닌 것 같은데……."

이번에는 노검객이 십이천문의 사람들을 보며 말했다.

그러자 사송이 앞으로 걸어 나와 노검객에게 포권을 하며 말했다.

"먼저 사과드립니다. 노사의 무공이 워낙 뛰어나셔서 무례인 줄 알면서도 노사의 뒤를 쫓았습니다. 아시다시피 우리와 같은 무인에게 고수의 일검은 큰 영감을 주는 것이라… 욕심이 과했다면 용서하시길!"

사송의 정중한 사과에 노검객의 표정이 조금 부드러워졌다.

"무인이 무공에 관심을 갖는 것이야 탓할 일은 아니오. 하지만 지금 나로선 개인적인 문제를 해결해야 하는 시간이라 타인의 시선이 부담스럽구려."

정중하게 물러가 줄 것을 청하는 노인의 말이다.

그러자 사송이 잠시 생각에 잠겼다가 다시 입을 열었다.

"죄송하지만 노사의 존대성명을 알 수 있을까요?"

평소의 사송답지 않은 정중함에 멀리 뒤쪽에서 공예는 웃음을 참느라 애를 쓰고 있었다.

"내 이름을 알고 싶다라……."

무령사라 불린 노검객이 새삼스러운 눈으로 십이천문 일행을 살펴보며 혼잣말을 중얼거렸다.

"어려우실까요?"

사송이 재차 물었다.

그러자 노인이 되물었다.

"본래 타인의 신분을 확인할 때는 자신의 신분을 먼저 밝히는 것이 도리가 아니겠소?"

사송 등의 정체를 묻는 말이다.

그러자 사송이 잠시 생각에 잠겼다가 입을 열었다.

"이렇게 하면 어떻겠습니까? 노사께서 지금 대치 중인 사람들과의 일을 끝내실 때까지 멀리서 기다리지요. 그때 다시 이야기를 나누는 것이……."

사송의 말에 노인의 표정이 조금 더 어둡게 변했다. 그저 지나가는 싸움 구경꾼이라면 이렇게 집요하게 자신의 정체를 알려하지는 않을 거라 생각하는 듯했다.

"후우… 그리 말하는 것을 보니 아무래도 우린 서로 반드시 나눌 말이 있는 것 같구려."

평범한 구경꾼이 아니라면 분명 서로에게 풀어야 할 무엇인가가 있나고 생각한 노인이 말했다.

"시간을 내주신다면 고마운 일이지요."

사송이 가볍게 고개를 숙여 보였다.

"위험할 수도 있소. 멀리 떨어져 있어야 할 거요."

"알겠습니다."

사송이 대답을 하고 뒤로 물러나려는 순간 갑자기 무령사 노인을 상대하던 중년의 사내가 차갑게 외쳤다.

"잠깐!"

사내의 외침에 사송이 걸음을 멈췄다.

그리고 사내를 보며 퉁명스럽게 말했다.

"당신하고는 할 말이 없는데……?"

"내게 할 말이 없어도 내 말은 들어야 할 것이다."

"그럼 말해보구려."

사송이 팔짱을 끼며 말했다.

그러자 사내의 표정이 살짝 변했다. 위협적인 자신의 행동에도 전혀 여유를 잃지 않는 사송의 모습이 적지 않게 신경 쓰이는 모양이었다.

"타 문의 행사를 훔쳐보는 일은 강호의 금기란 것을 모르는
가?"

"음… 그 점은 미안하게 생각하오."

사송이 고집부리지 않고 사과했다.

그러자 사내가 앞서 했던 질문을 다시 했다.

"사과를 하려면 자신들의 정체를 먼저 밝혀야 하지 않겠는
가?"

사내의 추궁에 사송이 잠시 생각에 잠겼다가 입을 열었다.

"뭐, 그렇긴 한데, 그건 나중에 합시다. 둘 중 살아남는 쪽이
우리와 이야기를 하게 될 테니 말이오."

사송의 말에 사내의 얼굴에 노기가 돌았다.

"정말 무례하구나."

"그렇게 느꼈다면 어쩔 수 없는 일이고, 어쨌든 우린 물러나
있겠소."

사송이 그 말을 하고 걸음을 옮기려는데, 사내가 갑자기 사송
을 향해 번개처럼 비도를 날렸다.

팟!

한 자루 비도가 사송의 심장을 향해 뱀처럼 날아들었다. 곡선
을 그리며 날아드는 비도의 속도는 그리 빠르지 않은 것처럼 보
였지만, 사실은 도저히 피할 방향이 보이지 않는 무서움을 가지
고 있었다.

다짜고짜 비도를 날린 사내의 행동에 분노한 사송이 손에 갈
고리 모양의 기병을 꺼내 들며 일갈했다.

"감히… 나와 싸우자고?"

쩡!

사송의 말이 끝나는 순간 그의 심장에 꽂히려던 비도가 쇠갈고리 모양의 기병 사이에 끼어 움직임을 멈췄다.

그러자 사송이 다른 손으로 기병 속에서 비도를 꺼내 들며 중얼거렸다.

"이거… 독인가?"

그러고 보니 비도의 끝이 도신과 다른 녹색을 띄고 있었다.

"조심해요. 정말 독인 것 같아요."

유왕 서리가 경고했다.

그러자 사송의 얼굴이 일그러졌다.

"이런 빌어먹을 작자를 보았나. 난데없이 비도를 날린 것도 꽤 씸한데 독을 바른 비도를 날려?"

사송이 노한 시선으로 사내를 바라봤다.

그때 사내도 적지 않게 당황하고 있었다. 기습적인 자신의 공격을 사송이 너무도 태연하게 막아냈기 때문이다. 하지만 일이 이렇게 된 이상 뒤로 물러날 수도 없었다.

"본 문의 행사를 염탐한 자들을 살려둘 수는 없다."

"젠장, 염탐이 아니라 구경이라고 했잖아? 그것도 당신들에게는 별로 관심 없어. 우리의 관심은 노사시라고!"

사송이 대답했다.

"무령사님이나 우리나 어차피 한 가문의 사람들, 무령사님에 대한 관심은 본 문에 대한 염탐이다!"

사내가 소리쳤다.

순간 사송이 사내의 말에 대꾸를 하는 대신 손에 들고 있던 독이 발린 비도를 사내를 향해 던졌다.

"에라잇!"

파앙!

사송의 손을 떠난 비도가 공기를 찢는 소리를 내며 벼락처럼 사내를 파고들었다.

"음!"

사내가 사송이 날린 비도를 감히 무시하지 못하고 재빨리 허공으로 몸을 날려 비도를 피했다.

팟!

비도가 아슬아슬하게 사내의 옷깃을 스치고 지나갔다.

그런데 그사이 비도를 날린 사송이 어느새 사내의 앞까지 다가와 있었다. 모두가 놀라지 않을 수 없는 극쾌의 움직임이다.

"감히 내게 독을 써?"

허공에 떠올랐다가 설원에 착지하는 사내에게 달려들며 사송이 소리쳤다.

"놈!"

예상치 못한 사송의 공격에 사내도 화가 난 듯 욕설을 내뱉으며 재빨리 검을 휘둘렀다.

차앙!

사송의 괴병과 사내의 검이 불꽃을 일으키며 충돌했다. 그 순간 사송의 몸이 눈 속을 파고들 듯 아래로 꺼지더니 순식간에 사람들의 시야에서 사라졌다.

사내 역시 사송을 시야에서 잃어버리고 다급하게 주위를 돌아봤다. 그러나 어디서도 사송의 모습이 보이지 않았다.

그런데 갑자기 그의 발목 근처에서 날카로운 괴병기가 눈을 뚫고 나왔다.

"헉!"

사내의 입에서 다급한 음성이 터져 나왔다. 그가 급하게 허공으로 뛰어올랐다.

"어딜!"

눈을 뚫고 나온 사송이 양손에 끼워놓은 괴병을 호랑이 발톱처럼 휘둘렀다.

찌익!

한순간 사내의 다리 쪽 옷이 길게 찢어졌다.

"욱!"

사내의 입에서 신음 소리가 흘러나왔다. 동시에 그의 허벅지가 붉은 피로 물들었다.

"끝을 내주마!"

사송이 허공에 뜬 채 비틀거리는 사내의 복부를 향해 괴병을 꽂아 넣으며 소리쳤다.

그런데 그 순간 지금까지 묵묵히 두 사람의 싸움을 지켜보고 있던 노검객이 번개처럼 검을 휘둘렀다.

쩌적!

그의 검에서 일어난 검기가 사송과 사내 사이로 파고들었다.

"음!"

사송이 갑작스러운 노인의 공격에 더 이상 사내를 공격하지 못하고 훌쩍 뒤로 물러났다. 그러고는 노인을 보며 물었다.

"이자는 적이 아니었습니까?"

"그래도 같은 문파의 사람이오."

노인이 대답했다.

"그래서 이 사람을 돕겠다는 겁니까?"

"이것은 본 문의 일이니 외인이 관여할 바가 아니오."

노인이 단호하게 말했다.

그러자 사송이 고개를 저었다.

"그렇지가 않지요. 물론 조금 전까지는 내가 관여할 일이 아니었습니다. 그러나 이자가 나에게 독이 묻은 비도를 던지는 순간, 이 일은 제 일이 되었지요. 난 감히 나에게 독을 쓴 자를 용서하고 싶은 생각이 없습니다만……."

사송도 완고했다.

그러자 노인이 한숨을 쉬며 검을 들어 자신의 가슴 앞에 세웠다.

"그렇다면 결국 날 상대해야 할 거요."

노검객의 말투에는 힘이 없었지만, 그렇다고 말의 무게가 없는 것은 아니었다. 그는 싫어도 자신이 해야 할 일을 할 사람이기 때문이었다.

"뭐… 먼 곤륜 여행 끝에 일대 검객의 무공을 견식해 보는 것도 나쁜 것은 아니지."

사송도 노인과의 대결을 피할 생각이 없다는 듯 말했다.

"이대로 물러나 주면 안 되겠소?"

사송이 투기를 드러내자 노인이 사정하듯 말했다. 그러자 갑자기 사송에게 허벅지를 길게 베인 중년 사내가 소리쳤다.

"무령사, 그자는 반드시 죽여야 합니다. 아니, 그자의 일행 모두를 살려 보낼 수 없습니다. 본 문의 율법을 아시지 않습니까? 본 문의 존재를 아는 자들을 세상에 내보내서는 안 된다는 율법 말입니다."

그러자 노인 검객이 싸늘한 눈으로 사내를 돌아보며 말했다.

"본 문의 율법을 논하기에는 이미 늦지 않았는가! 하아… 자네들은 그만 돌아가 보게. 이들은 내가 막아주지. 가서 문주께 전하게. 내가 간다고. 그러니 더 이상 방해하지 말고 기다려 달라고!"

노검객의 말에 중년 사내의 얼굴빛이 여러 번 변했다.

그러다가 결국 고개를 숙이며 대답했다.

"이 지경에서 무령사님과 감히 싸울 수는 없지요. 알겠습니다. 돌아가겠습니다. 가서 무령사님의 말씀을 전하지요. 그런데 이들은 어쩌시렵니까?"

사내가 다시 십이천문 일행의 처분을 물었다. 그러자 노검객이 대답했다.

"서로 인연이 없는 사람이다. 그저 자신들의 길을 가면 그뿐이지."

"하지만……."

"본 문에 대해 이 사람들이 뭘 안다고 걱정을 하겠는가?"

"그야… 그렇긴 하지요."

노검객과 사내가 보기에 십이천문의 사람들은 아직도 단순한 싸움 구경꾼들일 뿐이었다.

"돌아가게."

노검객이 손짓을 하며 말했다. 그러자 사내가 사송을 한 번 노려보고는 노검객에게 말했다.

"그럼 문에서 뵙겠습니다."

"그러세."

"하지만… 어쩌면 못 뵈올 수도 있겠군요."

"그건 또 무슨 말인가?"

노인이 불편한 얼굴로 물었다.

"이대로 돌아가면 저희들이 벌을 받을 수도 있고, 또 저희가 아니더라도 다른 사람들이 무령사님을 막을 겁니다. 그때는……."

"쉽지 않은 길이라?"

"그렇습니다."

"후우, 그래도 어쩔 수 없지. 시신이 되어서라도 문주를 뵈어야겠네. 그리 전하게."

"알겠습니다. 그럼!"

사내가 노검객에게 고개를 숙여 보이고 자신의 동료들이 있는 곳으로 걸어갔다.

그러고는 동료들을 보며 말했다.

"모두 봐서 알겠지만 우리의 임무는 실패했네. 돌아가면 문주께서 죄를 물으실 걸세. 그래도 난 이쯤에 돌아가기로 결정했네. 혹, 반대하는 사람이 있나?"

"아닙니다. 우리라고 돌아가는 사정을 모르겠습니까? 저들의 추살은 조금 늦어도 상관없겠지요. 곤륜에 들어온 이상 본 문의 손아귀에서 벗어나지 못할 겁니다."

사내 중 한 명이 사송과 십이천문의 사람들을 가리키며 말했다. 그러자 사내가 고개를 끄떡였다. 그러더니 사송을 돌아보며 말했다.

"곧 다시 보게 될 것이다. 그때는… 너와 너의 일행 모두가 쓸데없는 일에 호기심을 가진 것을 후회하게 될 것이다."

사내의 경고에 사송이 고개를 저으며 말했다.

"이것들이… 곱게 보내주려고 했더니만. 노사, 이래서는 우리도 저들을 그냥 보내기는 힘들겠습니다."

사송이 노검객에게 말했다.

그러자 노검객이 고개를 저었다.

"미안하지만 그대들은 저들이 돌아가는 것을 막을 수 없네. 내가 있는 이상! 그러니 얼른 이곳을 벗어나 하루라도 빨리 곤륜을 떠나게."

노인 검객이 단호하게 말했다.

그러자 지금까지 일이 돌아가는 상황을 무심히 바라보고 있던 불사 나왕이 앞으로 나서며 자왕 사송에게 무심히 말했다.

"그는 내가 맡겠소. 자왕께선 다른 사람들과 함께 저들을 제압하시오."

나왕은 터벅터벅 걸음을 옮겨 자왕 사송과 노검객이 있는 곳으로 걸어왔다.

그러자 자왕 사송이 나왕에게 물었다.

"아무래도 저들을 그냥 보내서는 안 되겠지요?"

"본래 모든 일에 후환을 남기면 안 되는 법이 아니겠소? 하물며 저자의 말은 그냥 들어 넘길 허언이 아닌 것 같으니……."

나왕이 중년 사내를 가리키며 말했다.

"맞소이다. 그냥 보내는 것은 너무 위험한 일이오. 이봐, 동생! 힘 좀 써야겠어."

사송이 유왕 서리를 보며 소리치고는 재빨리 몸을 날려 순식간에 중년 사내와 그 동료들의 퇴로를 차단했다.

그러자 기다렸다는 듯 십이천문의 사람들이 사송을 돕기 위해 움직였다.

"정녕… 내게 당신들을 향해 검을 들게 해야겠소?"

십이천문의 사람들이 중년 사내 일행을 막아서는 것을 보며 노검객이 불사 나왕에게 물었다.

"말했듯이 난 위험을 뒤에 남겨두는 성격이 아니라서……"

불사 나왕이 덤덤하게 말했다.

그러자 노검객이 다시 물었다.

"그대가 날 감당할 수 있겠소? 앞서 내 무공을 보았을 텐데?"

그러자 불사 나왕이 여전히 덤덤한 얼굴로 대답했다.

"물론! 충분히 감당할 수 있소."

두 검객이 오 장 거리를 두고 마주 섰다.

한쪽은 누가 봐도 절정의 경지에 이른 검객이란 걸 단번에 알아볼 만큼 강한 기세를 지닌 노인이었고, 다른 한쪽은 대체 이런 사람이 무림이 고수일 수 있을까 하는 당연한 의문이 생길 만큼 작고 못생긴 중년 사내였다.

그럼에도 불구하고 노인은 중년 사내와 검을 마주하는 순간 당혹스러운 표정을 감추지 못했다. 이 작고 못생긴 검객이 검을 들자 마치 거대한 산이 자신을 짓누르는 듯한 느낌을 받았기 때문이었다.

단언컨대 노인은 지금껏 이런 고수를 만난 적이 없었다. 무공이라면 강호의 그 누구에게도 양보할 생각이 없었지만, 이 작고 못생긴 중년 검객은 전혀 예상치 못한 강함으로 그를 놀라게 만들었던 것이다.

물론 그렇다고 해서 싸워보지도 않고 스스로 패배를 자인할 노인은 아니었다.

다만 상대의 예상치 못한 기도에 놀랐을 뿐, 이 승부에 대해서는 여전히 자신이 있는 노인이었다.

"내가… 사람을 잘못 봤구려. 사과하겠소."

노검객이 검을 든 채 말했다.

그러자 불사 나왕이 짧게 대답했다.

"제대로 겨뤄봅시다."

불사 나왕 역시 조금은 노인의 기세에 흥분하고 있었다. 그가 지금껏 강호에서 만났던 그 어떤 검객보다도 뛰어난 기도를 지녔기 때문이다.

"좋소. 흔치 않은 기회지. 마지막 여행길에……."

노인도 나왕과의 겨룸에 걱정과 두려움보다는 기대와 흥분이 앞서는 모습이었다.

슥!

노인이 가슴에 들고 있던 검을 들어 머리 위로 올렸다. 일초의 검에 모든 힘을 쏟겠다는 자세다. 그건 상대인 나왕에 대한 존중의 의미기도 했다.

"잘 견뎌야 할 것이오."

노검객이 경고했다.

그러자 나왕이 검을 들어 노인의 아미를 겨누며 말했다.

"노인장이야말로 조심하시길!"

"핫!"

나왕의 말이 끝나는 순간 노인의 입에서 기합성이 터져 나오며 그의 검이 하늘에서 떨어져 내렸다.

번쩍!

노인의 검이 눈부신 검광을 만들어냈다. 그 찬란한 검광에 장내의 사람들이 한순간 시력을 잃을 정도였다.

그리고 그 눈부심이 끝나자 어느새 그의 검이 나왕의 머리 위에 다가와 있었다.

그 순간 나왕도 움직였다.

그는 마치 노인의 검세에 눌려 주저앉듯 자세를 낮추더니 그대로 한 바퀴 회전해 검세를 옆으로 흘려내며 번개처럼 검을 사선으로 그어 올렸다.

"일살검!"

멀리서 두 사람의 대결을 지켜보던 적월이 나직하게 중얼거렸다.

그 역시 완벽에 가깝게 수련했다고 생각한 일살검이었지만, 나왕의 일살검은 자신과 또 다른 경지를 보여주고 있었다.

직선을 넘어선 곡선, 직선보다 짧은 곡선의 검로, 그 불가능이 현실로 나타났다고 생각하는 순간, 나왕의 검이 노인의 귀밑 머리카락을 자르고 지나갔다.

팟!

스슥!

노검객이 어느새 삼사 장 뒤로 물러났다.

나왕과 노검객 사이에서 잘린 노검객의 머리카락 몇 올만이 그제야 설원에 내려앉고 있었다.

노검객의 머리카락을 잘라낸 나왕의 검술도 놀라운 것이었고, 그런 나왕의 검을 피해내는 노검객의 움직임도 대단했다.

그러나 역시 더 놀란 쪽은 노검객이었다.

"후……!"

노검객이 탄식하듯 길게 숨을 내쉬었다. 그러고는 나왕을 보며 물었다.

"절대… 강호에 이름이 없을 사람은 아닌 것 같은데……?"

정체를 묻는 것이다.

"날 꺾으면, 혹은 노사께서 꺾이시면 알게 되실 것이오."

"결국 승부를 봐야 할 싸움이란 뜻이구려."

"아니면 저희들의 뜻에 따라주시는 것도 한 방법이오."

나왕이 덤덤하게 말했다.

노검객 같은 절정고수를 상대하면서도 나왕은 여유가 있어 보였다. 그야말로 절대지경에 오른 자의 모습이었다.

멀리서 그 모습을 보고 있는 적월과 십이천문 사람들이 자신들도 모르게 뿌듯함을 느낄 수 있는 장면이기도 했다.

"무인으로서 이 대결을 포기할 수는 없지."

노검객이 혼잣말처럼 대답했다.

"나 역시 그러리라 기대했소이다."

나왕 역시 노인이 여기서 검을 거두면 서운할 듯싶었다. 이런 고수와의 대결 기회가 흔치 않기 때문이었다.

"좋소. 다시 해봅시다."

노인이 고개를 끄떡이고는 검을 들어 올렸다.

후우웅!

이번에는 조금 다른 모습이다. 첫 번째 공격이 일검에 모든 힘을 쏟아부은 일격필살의 초식이었다면, 노인이 두 번째로 꺼내든 초식은 부드럽고 화려했다.

그가 허공에 검을 휘저을 때마다 설원의 눈들이 일어나 봄꽃처럼 허공에 날렸다.

그렇다고 중구난방 어지럽게 눈이 휘날리는 것은 아니었다. 눈들은 노검객의 검이 움직이는 방향으로 일정한 흐름을 가지고 휘날리고 있었다.

그리고 시간이 지날수록 허공에 떠오른 눈송이들이 점점 늘어나서 어느 순간부터는 아예 노검객과 그의 검이 보이지조차 않았다.

어찌 보면 환술 같은 초식을 펼치는 노인을 보면서 나왕의 표정도 굳어갔다. 노인이 만들어낸 눈보라가 단지 그냥 상대의 눈을 속이기 위한 것이 아님을 알기 때문이었다.

언제든 노인의 공격이 시작되면 그를 둘러싼 눈송이들 하나하나 무서운 무기가 되어 나왕을 공격할 것이다.

"흠……."

나왕이 조금 난감한 듯한 표정을 짓다가 문득 두 손으로 들고 있던 검을 한 손으로 옮기고, 다른 한 손으로 허공을 휘젓기 시작했다.

"백화수!"

멀리서 보고 있던 적월의 입에서 다시 나직한 목소리가 흘러나왔다.

적월의 말처럼 검을 한 손으로 옮긴 나왕이 다른 손으로 불파일맥의 독문무공 중 하나인 백화수를 시전하고 있었다.

나왕의 백화수는 완벽한 경지에 이른 무공이어서 순식간에 그의 앞이 꽃처럼 피어난 수영으로 가득 찼다.

그 모습을 눈보라 속에서 지켜보고 있던 노검객이 한순간 날카로운 기합성을 터뜨렸다.

"핫!"

고함 소리와 함께 눈보라 속에 감춰졌던 노인의 검이 삐쭉 머리를 드러냈다. 그런데 다음 순간 검 주위의 눈보라들이 검보다 더 빠른 속도로 튀어나와 다시 검을 감췄다.

그리고 눈송이들이 쏟아지는 화살처럼 나왕을 향해 몰려들었다.

파파팡!

나왕의 백화수가 만들어낸 수영들과 노검객이 날려 보낸 눈송이들이 마치 병장기가 부딪히듯 요란한 소리를 내며 충돌했다. 그러자 서서히 두 사람을 가로막고 있던 수영과 눈보라들이 사라지기 시작했다.

두 사람은 그렇게 자신들이 만들어낸 수영과 눈보라 뒤쪽에서 서로를 응시하고 있었다.

검은 서로를 향해 있었고, 시선은 단 한순간도 상대에게서 벗어나지 않았다.

이 싸움을 지켜보고 있는 모든 사람들은 알고 있었다. 허공을 가득 메운 나왕의 백화수와 눈보라들이 사라지는 순간 이 싸움의 승패가 결정될 것이라는 것을.

그리고 드디어 두 사람 사이의 장애물이 한순간에 사라졌다. 거짓말처럼 투명해진 두 사람 사이의 공간을 두 개의 검이 천천히 전진해 갔다.

검들은 예상처럼 빠르지 않았다. 그렇다고 너무 느리지도 않았다. 적당한 속도로 서로를 향해 뻗어나가는 두 개의 검은 그래서 모두의 시선을 사로잡기에 충분했다.

스릉!

두 개의 검이 스쳐 지나면서 작은 마찰음을 일으켰다. 그러면서도 서로를 향해 전진하는 검로는 전혀 바뀌지 않았다.

교차한 검들이 누구에게 먼저 닿을까.

두 개의 검 중 먼저 상대를 찌르는 쪽이 승리하는 싸움, 사람들이 침조차 삼키지 못하고 긴장한 채 두 개의 검을 주시했다.

그런 그 순간 갑자기 눈부신 섬광이 일어나 사람들의 시야를 가렸다.

번쩍!

그 찰나의 섬광이 사람들의 눈을 가린 직후 사람들은 서로를 지나쳐 오 장 정도의 거리를 두고 서 있는 두 사람을 다시 볼 수 있었다.

"아!"

누군가 안타까운 탄성을 흘려냈다. 고수들 간의 싸움에서 가장 중요한 순간을 놓친 것에 대한 안타까움인 듯싶었다.

그러나 그 장면을 보지 못한 사람들도 두 사람 사이에 일어난 격돌이, 이 싸움이 드디어 끝이 났다는 것은 알고 있었다. 두 사람의 검이 각자의 검집에 들어가 있기 때문이었다.

"후우! 늘그막에 무공의 안계를 넓혔소. 고맙소!"

노검객이 천천히 나왕을 향해 포권을 하며 말했다.

"나야말로 큰 가르침을 받았소이다."

나왕이 마주 포권하며 대답했다.

그러자 노검객이 고개를 저었다.

"가르침은 무슨… 패자에게서도 배울 것이 있다는 말은 그저 패한 자를 위로하기 위해 생긴 말, 이 늙은이가 육십 평생 살아오는 동안 유일한 패배를 당한 날이기는 해도 그런 위로의 말까지 듣는다면 너무 비참해질 듯싶구려."

두 사람의 대화를 들어보면 싸움의 승자는 나왕이었다. 그리고 그 결과가 사송 등에 의해 길이 막힌 중년 사내 일행을 경악과 절망에 빠뜨렸다.

그들은 비록 노인을 막기 위해 나왔지만, 노인을 깊이 존경하고 두려워하고 있었다.

특히 합공이라면 모를까, 홀로 노인을 상대할 사람은 천하에 몇 없을 거라 생각하던 사람들이라 노인의 패배는 충격적일 수밖에 없었다.

그리고 노인의 패배로 인해 자신들이 꼼짝없이 사로잡힐 상황이 되었다는 것 역시 두려운 일이었다.

"승부에 대해선 동의하시겠소이까?"

나왕이 무례할지도 모를 질문을 했다. 어쨌거나 이 상황을 끝내야 하기 때문이었다.

"이 지경이니 인정할 밖에⋯⋯."

노인이 손으로 자신의 가슴을 툭 쳤다. 그러자 노인의 가슴을 가리고 있던 옷자락이 길게 갈라지면서 노인답지 않은 단단한 가슴 근육이 모습을 드러냈다.

"아!"

다시 누군가의 탄식이 흘러나왔다. 완벽한 승패의 결과가 노인의 행동으로 드러났기 때문이었다.

노인이 패배를 인정하자 나왕이 다시 입을 열었다.

"그럼 이제부터 장내의 상황은 우리가 통제하겠소."

그러자 노인이 고개를 저으며 말했다.

"나야 동의하오. 그러나 저들은 내 명을 따르는 사람들이 아니라서 그 생각을 모르겠구려."

노인의 시선이 중년 사내와 그 일행에게로 향했다. 그러자 나왕이 소리쳐 물었다.

"어찌하겠는가? 선택하라."

나왕의 입에서 단호한 목소리가 흘러나왔다. 지금의 그는 누구도 그가 세상에서 가장 추레한 모습을 가진 사람이란 것을 느끼지 못할 정도로 절대적인 위엄을 드러내고 있었다.

그래서 중년 사내 일행도 감히 나왕에게 반발하는 모습을 보이지 못했다. 다만 선택은 여전히 그들의 몫이었다. 탈출을 시도할지, 혹은 굴복할지를 결정해야 하는 시간이었다.

평소라면 그들은 고민할 것도 없이 탈출을 시도했을 것이다. 노검객에게는 미치지 못하지만 스스로의 무공에 대한 자부심이 대단한 사람들이기 때문이었다.

하지만 노검객의 패배를 본 후 그들의 마음을 크게 흔들리고 있었다. 절대의 경지에 오른 노검객을 꺾은 사내 말고도 그들 앞을 막아선 자들 한 명, 한 명 중 만만해 보이는 인물이 없었던 것이다.

그런데 그런 그들의 갈등은 그리 오래가지 않았다. 갑자기 나왕이 훌쩍 몸을 날려 그들의 앞쪽에 떨어져 내렸기 때문이었다.

나왕까지 가세한다면 이들이 십이천문의 고수들을 뚫고 도주할 가능성은 거의 없다고 해도 과언이 아니었다. 중년 사내와 그 동료들 역시 본능적으로 그 사실을 깨닫고 있었다.

"일단 검을 거두시오. 그대들을 죽일 생각은 없소. 단지 우리 일에 약간의 방해가 될 수 있어 일단 그대들을 잡아두려는 것이오."

나왕이 조금 앞서와 달리 부드럽게 말했다.

그러자 중년 사내가 잠시 망설이더니 어쩔 수 없다는 듯 검을 든 손을 내려뜨렸다.

"후우… 상황이 이러니 어쩔 수 없구려. 무령사께서 이곳에 계시니 우리도 무령사님 곁에 남겠소."

"하지만 대형!"

사내의 결정에 그의 동료 중 한 사람이 놀란 표정으로 사내를 불렀다. 아마도 그의 생각은 사내의 생각과 다른 모양이었다.

"사제의 생각은 나도 알고 있네. 하지만… 이상하게 들릴지 모르지만 난 잠시 무령사 어른의 곁에 머물고 싶군. 솔직히 이 사람들을 뚫고 빠져나갈 자신도 없고······."

사내의 말에 그의 동료가 다시 무슨 말인가를 하려는데 사내가 손을 들어 동료의 말을 막았다. 그리고는 차분하지만 냉정한 말투로 말했다.

"언제나 그렇듯 이번에도 날 믿어주게."

사내의 말에 그의 결정에 반발하던 동료가 잠시 망설이는 듯하다가 결국 뒤로 물러났다.

그러자 사내가 나왕을 돌아보며 물었다.

"당신이 원하는 대로 우린 무령사님 곁에 남기로 했소. 그런데⋯ 대체 당신들은 누구요?"

*   *   *

눈으로 가득한 세상에도 사람 쉴 곳은 있게 마련이다.

십이천문의 사람들은 무령사 노인과 그를 막아섰던 중년 사내 일행을 데리고 전나무가 우거진 작은 숲으로 들어갔다.

숲은 설원에서 불어대던 한풍도 없었고, 무성한 나뭇가지가 하늘을 막고 있어 눈이 쌓이지 않은 곳도 더러 있었다.

일행은 그중 너른 바위 몇 개가 연이어 누워 있는 곳에서 걸음을 멈췄다.

"여기가 좋겠소이다."

자왕 사송이 나왕을 보며 말하고는 무령사라 불린 노인과 중년 사내 일행을 보며 말했다.

"여기 앉아서들 좀 쉬시구려. 일단 간단히 요기나 합시다."

자왕 사송의 말에 사내들이 순순히 바위 위에 걸터앉았다. 아마도 오늘 겪은 예상치 못한 일들 때문에 몹시 피곤한 모양이었다.

그런데 중년 사내와 그의 동료들이 널찍한 바위에 자리를 잡고 앉는 와중에도 무령사 노인은 오히려 걸음을 옮겨 나왕 앞으로 다가갔다. 그리고 이번에는 반드시 답을 들어야겠다는 표정으로 물었다.

"대체 당신들은 누구요? 왜 나와 저 친구들의 일에 관여하는 것이오? 단순히 싸움을 구경하기 위해 따라온 것이 아니라는 것은 이미 짐작하고 있소만……."

무령사 노인의 질문에 나왕이 잠시 망설이다가 화명과 수월 두 여인을 바라봤다. 그러자 두 여인이 조심스럽게 고개를 끄떡였다.

화명과 수월이 동의하자 나왕이 천천히, 그러나 무척 직설적인 질문을 던졌다.

"노사께서 혹 마누란 존함을 쓰시오?"

제9장
이십오 년 만의 재회

슥!

본능적인 움직임이었다. 노검객은 뒤로 물러나는 순간 이미 검을 빼 들었고, 다시 한번 발을 구르자 그의 신형이 주위에서 가장 높은 바위로 날아올랐다.

그러고는 차갑게 외쳤다.

"정체를 밝혀라!"

노검객에게는 앞서 포기했던 승부를 다시 시작할 충분한 의지가 있어 보였다. 더불어 앞서의 대결에선 보이지 않았던 살기마저 충만했다.

그런데 그런 노인의 모습을 보면서도 십이천문의 사람들 중 그 누구도 노인과 싸울 생각을 하지 않았다. 대신 나왕이 화명과 수월 두 여인을 바라보며 무덤덤하게 말했다.

"맞는 모양이오."

나왕의 말에 화명과 수월이 긴장한 표정으로 고개를 끄떡였다.

그러자 바위 위에 올라선 노검객이 싸늘한 목소리로 다시 소리쳤다.

"대체 너희들은 누구냐? 어떻게 내 이름을 알고 있는 것이냐? 난… 세상에 알려진 사람이 아니거늘……."

노검객의 말투에는 당혹감과 살기, 그리고 의구심이 동시에 묻어났다. 그러자 나왕이 그제야 노검객을 보며 말했다.

"검은 거두셔도 좋소. 더 이상 노사와 싸울 생각은 없으니까. 그리고… 일단 이 두 사람과 이야기를 나눠보시구려. 우리야 제삼자니까."

나왕이 화명과 수월을 가리키며 말했다. 그러고는 천천히 걸음을 옮겨 한쪽에 모여 있는 십이천문의 사람들에게로 다가갔다.

나왕이 물러나자 화명과 수월이 노검객이 올라선 바위 아래로 다가갔다. 그러자 노검객이 부르르 몸을 떨며 두 여인을 바라봤다. 본능적으로 그는 이 두 여인의 정체를 짐작하고 있는 것 같았다.

어린 시절의 모습이 모두 사라졌다고 해도 목숨을 걸고 탈출시킨 사람들의 얼굴은 쉽사리 잊을 수 없다.

아니, 그것보다도 이렇게 쌍둥이처럼 닮은 두 여인이 자신을 찾아올 일은 오직 그것밖에 없었다.

"설마……."

"오랜만이에요. 마누 아저씨!"

당혹해하는 노검객을 향해 화명이 먼저 입을 열었다.

"아!"

노검객의 입에서 탄식이 흘러나왔다. 역시 세상의 말처럼 삶에 우연은 없는 법이다. 이들이 자신을 따라온 것은 그만한 이유가 있었던 것이다.

"정말 아기씨들입니까?"

노검객이 확인하듯 물었다.

"그래요. 우리예요."

화명이 굳은 얼굴로 대답했다.

그러자 노검객 마누가 뚫어져라 두 여인을 바라보다가 갑자기 화가 난 표정으로 소리쳤다.

"대체 왜, 왜 돌아오신 겁니까? 내가 분명 과거를 잊으라고 했을 텐데요?"

"우리 나이가 서른이에요."

화명이 짧게 대답했다.

"서른… 그가 그러던가요? 서른이 지나면 본 가를 찾아가도 된다고?"

그라는 것은 아마도 전대 북화문주를 말하는 것이리라.

"아뇨. 그분은 절대 우리의 과거를 찾지 말라고 당부하셨지요. 하지만 서른이 되면 자유를 주겠다고는 했어요. 이제 우린 자유고, 우리의 운명을 자유롭게 결정할 수 있는 자격을 얻었지요."

화명이 침착하면서도 단호하게 말했다.

"그렇다 해도 굳이 왜 이곳까지……."

노검객 마누는 여전히 두 여인이 이곳까지 온 것이 불만인 모양이었다. 그러자 화명이 물었다.

"그런 아저씨는 왜 이곳에 있는 거죠? 보아하니… 본 가 사람들로부터 환영받지도 못하는 것 같은데……."

화명이 얼음처럼 얼어붙은 채 자신들을 바라보고 있는 중년 사내 일행을 보며 말했다.

그들은 노검객 마누와 두 여인의 대화에서 이미 이 여인들이 누구인지 눈치챈 것이 분명했다.

"나와 아기씨들은 다릅니다."

노검객이 말했다.

"뭐가 달라요?"

화명이 물었다.

"난… 난… 결국 문의 사람입니다. 그래서 죽을 곳도 그곳이지요."

"그 말은 지금 죽으러 간다는 뜻인가요?"

화명의 물음에 노검객 마누는 대답을 하지 않았다. 그러나 대답이 없음은 곧 화명의 질문에 동의한다는 뜻이다.

죽을 자리를 찾아가는 검객. 왠지 모르게 그 강건하던 노검객 마누의 모습이 처연해 보였다.

"우리에게 무슨 일이 있었던 거죠?"

마누의 침묵이 길어지자 이번에는 수월이 물었다. 그녀는 마누의 개인 사정에는 관심이 없다는 듯 무심해 보였다. 그러자 마누가 정색을 하며 말했다.

"저는… 같은 말을 할 수밖에 없습니다. 알려고 하지 말고, 찾으려고도 하지 마십시오. 지금 당장 이곳을 떠나 세상으로 돌아가십시오. 서른… 그 나이가 되셨으니 더 이상 위험은 없을 겁니다."

그러자 수월이 아미를 모으며 말했다.

"이상한 일이군요. 왜 서른이라는 나이가 그렇게 중요한 것이죠? 전대 북화문주께서도 그러시고……"

생각해 보면 정말 이상한 일이 아닐 수 없었다. 두 여인을 보호하려던 사람들은 모두 서른 살이라는 그녀들의 나이를 무척 중요하게 생각하고 있었다.

나이가 두 사람이 안위와 무슨 상관이란 말인가. 늙고 병드는 문제가 아니라면…….

"그 역시 알려고 하지 마십시오."

노검객 마누가 단호하게 말했다. 그러자 수월이 조금 차가워진 표정으로 말했다.

"마누 아저씨! 우린 이제 과거의 그 어린애들이 아니에요. 독하게 컸고, 독하게 살았어요. 생사의 경계에서 살아왔고. 사람을 죽이기도 했지요. 그런 우리가 과거를 잊은 채 살 수 있을 거라 생각하시나요? 만약 그럴 수 있다면 마누 아저씨도 이곳으로 돌아와서는 안 되는 것이었겠지요."

"그건……"

노검객 마누의 말문이 다시 막혔다.

생각해 보면 수월의 말 중 틀린 것이 없었다. 그녀들의 나이로 보건대 이제 누가 만류한다고 해도 자신들의 뿌리를 찾는 일을 멈출 것 같지 않았다.

"아저씨에게 듣기를 원해요. 그게 가장 정확할 것 같으니까요. 하지만 아저씨께서 말해주지 않으시겠다면 다른 사람을 통해 알아낼 수도 있지요. 아니, 어쩌면 본 가로 들어가 부모님들께 물어보는 것이 좋을지도 모르겠군요. 물어볼 사람은… 많아요."

수월이 고개를 돌려 노검객 마누를 상대했던 중년 사내 일행을 보며 말했다.

"후우……."

수월의 단호한 태도에 노검객 마누가 가볍게 숨을 내쉬었다.

화명과 수월은 그런 마누를 바라볼 뿐 급하게 그의 대답을 강요하지 않았다.

노검객 마누는 한동안 침묵을 지켰다. 마치 바위 위에서 자신도 바위가 되어버릴 것 같은 침묵이었다. 그러다가 한 번 길게 한숨을 쉬고는 입을 열었다.

"후우… 어쩔 수 없군요. 내가 만류한다고 해도 결국 그곳에 가실 것 같으니. 하지만 이 이야기는 결코… 아름다운 이야기가 아닙니다."

노검객 마누가 경고하듯 말했다.

그러자 수월이 씁쓸한 미소를 지으며 대답했다.

"다섯 살이었어요. 그 나이에 이유도 모른 채 목숨을 건 도주를 했던 우리예요. 그런데 설마 그 이유가 아름다울 거라고 생각하겠어요? 괜찮아요. 어떤 이야기라도 받아들일 준비가 되어 있으니까요. 우린… 그런 수련을 거쳤어요."

"살공을 수련하셨군요."

"알아보시는군요."

"후우… 그는 참 독한 사람이었지요."

전대 북화문주를 두고 하는 말이다.

"그렇지만 우릴 위해서였다고 하더군요. 스스로 한 몸 지키려면 살공을 수련하는 게 가장 좋다고."

수월이 말했다.

"그렇긴 하지요. 그리고 그는 무척 실리적인 사람이었으니까."

"가능하면 그분과의 관계도 알고 싶군요."

수월이 말했다.

그러자 마누가 고개를 끄떡이다가 슬쩍 불사 나왕을 바라보고는 화명과 수월 두 사람에게 말했다.

"이 일은 오직 본 문의 사람들만이 들을 수 있습니다."

불사 나왕을 포함해 십이천문의 사람들은 화명과 수월 두 사람의 과거에 대해 들을 수 없다는 의미였다.

노검객 마누의 말에 화명과 수월 두 사람이 한순간 당황한 표정을 지었다. 두 사람이 이 순간까지 의지하고 있는 이들은 솔직히 노검객 마누가 아니라 십이천문의 사람들이기 때문이었다.

그런데 그들에게 자신들의 과거를 말하지 않는다면 아마도 청부는 이쯤에서 끝나게 될 것이다.

그리고 사실 이미 그녀들이 청부한 일은 끝이 났다고 봐도 상관없었다. 애초의 청부가 두 사람의 본 가를 확인하고 그곳까지 데려가는 것이었으니, 노검객 마누를 만난 순간 이미 청부는 끝난 것이나 다름없었다.

이런 상황에서는 오히려 십이천문의 고수들이 더 이상 그녀들과 동행하는 것을 원치 않을 수도 있었다.

그녀들이 조금 더 그들의 도움을 받고 싶다고 과거 십이지방의 혈사를 해결할 단서가 될 일곱 개의 불꽃 문양 천 조각으로 다시 한번 거래를 시도할 수도 없었다.

그녀들 스스로의 양심 문제도 있지만, 불사 나왕의 성정으로 보건대 다시 거래를 시도하는 순간 그의 검이 자신들을 벨 수도 있다는 걸 알기 때문이었다.

이 와중에 그녀들의 과거를 비밀로 한다는 것은 더 이상 십이천문의 도움을 받지 않겠다는 선언과 같았다.

"어려운 일입니까?"

노검객 마누가 두 여인에게 물었다. 혹여라도 두 여인이 불사 나왕 등에게 얽매여 있는 상황인가 싶은 표정이다.

그러자 불사 나왕이 두 여인을 대신해 대답했다.

"우린 개의치 마시오. 애초에 두 사람의 청부로 이곳까지 온 것이니까. 노사를 만난 이상 사실 우리가 할 일은 더 없는 것 같소. 우린 청부의 대가만 받으면 이곳을 떠나겠소."

불사 나왕의 말에 노검객 마누가 조금 놀란 표정을 지었다.

"청부를 하셨던 겁니까?"

불사 나왕 등이 청부를 받고 이곳까지 왔을 거라고는 생각지 못한 표정이다.

"아니면 저런 고수분들의 도움을 어떻게 받았겠어요."

화명이 대답했다.

"난… 그분의 도움이 있었나 했지요."

전대 북화문주를 두고 하는 말이다.

"그분이 돌아가신 지 이미 오래예요."

"하긴 그렇군요."

노검객 마누가 고개를 끄떡였다.

그러자 화명이 재빨리 말했다.

"솔직히 말씀드리면 저흰 여전히 저분들의 도움을 받고 싶어
요. 지금으로선… 믿을 수 있는 분들은 저분들뿐이니까요."

"하지만… 이건 본 문의 명예와 관련된 일입니다."

마누가 단호하게 말했다.

그러자 수월이 싸늘한 표정으로 말했다.

"지켜야 할 명예가 아직 남아 있는 곳인가요?"

수월의 질문에 마누가 기습을 당한 것처럼 당황한 채 대답을
하지 못했다. 그러자 화명이 재빨리 두 사람의 대화를 끊었다.

"이렇게 하죠. 일단 우리 둘만 마누 아저씨의 이야기를 듣겠어
요. 이후 그 이야기를 다른 분들께 공개할지 그 여부를 정하지
요."

화명의 말에 마누가 어쩔 수 없다는 듯 고개를 끄떡였다.

"후우… 지금으로선 그럴 수밖에 없군요. 그럼… 따라오시지
요."

노검객 마누가 훌쩍 몸을 날려 바위 뒤쪽으로 내려섰다.

그러자 화명과 수월 두 사람이 얼른 걸음을 옮겨 마누가 움직
이는 곳으로 이동하기 시작했다.

"우리도 이제 결정을 해야 하지 않겠소?"

화명과 수월 두 여인이 노검객 마누를 따라 외떨어진 곳으로
이동하자 불사 나왕이 자왕 사송과 유왕 서리를 보며 물었다.

"청부는 끝났다고도 할 수 있으니 행보를 결정할 때가 된 것은 맞는 것 같아요."

유왕 서리가 불사 나왕의 말에 동의했다.

"하지만 아직 그녀들을 본 가에 데려다준 것은 아니잖아?"

자왕 사송이 머뭇거리며 말했다.

"마누라는 사람을 만났으니 본 가에 데려다준 것이나 마찬가지지요. 그녀들도 인정할 수 있을 거예요. 청부가 끝났다는 것을."

서리가 단호하게 말했다.

"그, 그렇긴 하지만… 위험할 것 같은데."

"자왕 오라버니, 설마 그녀들을 걱정하는 거예요?"

"그야 뭐 당연한 일 아닌가? 그래도 몇 개월 함께 지냈는데……."

사송이 어깨를 으쓱하며 대답했다.

그러자 유왕 서리가 눈을 가늘게 뜨고 자왕 사송을 응시하다가 사송에게 바싹 다가들며 나직한 목소리로 물었다.

"오라버니, 설마 그녀를 마음에 두신 거예요?"

"응? 그게… 무슨 소리야?"

사송이 당황한 표정으로 되물었다.

"다른 사람은 몰라도 난 오라버니를 너무 잘 알지요."

"글쎄, 그게 무슨 소리냐니까?"

사송이 버럭 소리를 질렀다.

"장안에서 오라버니가 화 여협과 동행하고 난 후 다시 만났을 때부터 조금 이상했어요."

서리의 말에 당황하던 사송이 갑자기 큰 웃음을 터뜨렸다.

"하하하, 그러니까. 서리 동생은 내가 화 소저에게 뭐, 그런 뭐… 연정이라도 품었다는 그런 뜻이야?"

"웃지 말아요. 더 이상해요."

서리가 냉정하게 말했다.

"아니, 말도 안 되는 말을 하니까."

사송이 이번에는 갑자기 주눅이 든 표정으로 말했다.

그러나 서리는 더 이상 사송의 변명 같은 것은 들을 생각이 없는 모양이었다.

"오라버니도 남자고, 오랜 세월 홀로 지냈으니 마음에 드는 여인이 생길 수도 있지요. 하지만 화 여협은… 나이 차이가 거의 스무 살인데."

"무슨 소리야? 난 아직 오십이 되지 않았다고!"

사송이 억울한 표정으로 반박했다.

"그러니까 마음이 있기는 하단 거네요?"

서리가 사송의 빈틈을 날카롭게 파고들었다.

"아니, 그런 말이 아니잖아? 단지 내가 나이가 들었다고 하니까 그런 거지."

"흠… 이거이거 이렇게 민감하게 반응하는 거 보니 보통 문제가 아닌 것 같네. 설마……."

서리가 취조하듯 사송을 바라보며 말꼬리를 흐렸다.

"설마 뭐?"

"별일은 없었죠?"

"별일? 무슨 별일?"

사송이 어리둥절한 표정으로 물었다.

유왕 서리의 말이 좀체 종잡을 수 없었기 때문이다.

"여행 중에 말이에요. 두 사람만 같이 있었던 것이 근 보름이 니……."

"동생, 대체 무슨 말을 하는 거야?"

"하긴 뭐… 화 여협은 별생각이 없는 것 같았으니까."

서리가 중얼거렸다.

그러자 두 사람의 말을 듣고 있던 공예가 불쑥 대화에 끼어들 었다.

"그럼 사백님만 화명 언니를 좋아하시는 건가요? 짝사랑?"

"이 녀석! 대체 너까지 왜 이러느냐?"

이쯤 되자 사송의 얼굴이 벌겋게 달아올랐다. 그러고는 공연 히 공예에게 호통을 쳤다.

그러자 공예가 퉁명스럽게 대꾸했다.

"왜 화는 내고 그러세요. 사람이 사람 좋아하는 게 뭐 창피한 일인가요?"

"그래도 될 사람을 넘봐야지. 나이 차이가……."

서리가 고개를 저으며 말했다.

"어허! 내가 아니라는데 왜 둘이 난리들이야. 글쎄, 그런 일 없 다니까!"

사송이 손을 내저으며 말했다.

그러자 불사 나왕이 물었다.

"그럼 이쯤에서 우리 십이천문이 이 일에서 손을 떼도 상관없 겠소?"

나왕조차도 사송과 화명의 사이를 의심하는 듯한 표정이다.

"뭐, 상관없소. 상관없어. 어허! 이런 오해를 다 받다니. 내가 나이를 헛먹었군. 에이, 쉬어서 그런가? 왜 이렇게 소피가 자주 마렵지?"

사송이 짐짓 헛웃음을 흘리며 자리에서 일어났다. 그러고는 멋쩍은 표정으로 일행에서 멀어지기 시작했다.

그 모습을 보고 있던 공예가 서리에게 물었다.

"확실히 마음에 있으신 거 같죠?"

공예는 장난스럽게 물었지만, 서리는 무척 심각한 표정을 지으며 불사 나왕에게 말을 물었다.

"이걸 어떡하죠?"

그녀는 사송의 화명에게 마음을 주고 있다는 것을 확신하는 모양이었다. 그렇다면 화명과 수월의 일을 나 몰라라 하고 이곳을 떠나는 것은 쉽지 않은 일이었다.

"과거에는 어땠소?"

"예?"

"이런 일이 없었소?"

"그게… 자왕 오라버니가 누군가와 인연을 맺은 적은 없는 걸로 알고 있어요. 하지만 마음에 두었던 여인이 아주 없었던 것은 아니죠. 하지만 그 방면에서 자왕 오라버니는 늘 자신이 없어 했지요. 그래서 마음에 드는 여인이 생겨도 한 번도 자신의 마음을 드러낸 적이 없어요."

"우리같이 생긴 사람은 본래 그런 면이 있긴 하오."

불사 나왕이 동병상련의 마음이라는 듯 우울한 표정으로 말했다.

"그런데 이번엔 조금 다른 것 같군요. 감정을 저리 드러내시다니. 좀 심각한 것 같아요."

서리가 고개를 갸웃했다.

그러자 곁에서 적월이 물었다.

"만약 정말 숙부께서 화 여협을 마음에 두고 있으면 어떡하죠?"

적월의 물음에 불사 나왕도 유왕 서리도 누구도 쉽게 먼저 대답하지 못했다.

사람의 일 중 가장 난해한 것이 남녀 간의 연정이다. 이 감정은 정말 묘한 것이어서 그 일이 가끔은 세상일에 생각지 못한 영향을 끼칠 때도 많았다.

"중요한 건 화명 언니의 생각인 것 같아요."

가장 어린 공예가 가장 현명한 대답을 내놨다.

"하긴… 화 여협의 생각이 중요하긴 하지."

적월이 고개를 끄떡였다.

"하지만 어떤 경우에도 가장 중요한 것은 십이천문의 안위와 혈월야의 비밀을 푸는 거다."

유왕 서리가 조금 냉정하게 말했다.

"나도 그리 생각하오. 아무래도 저들과 함께 두 사람의 본 가까지 동행하는 것은 위험할 것 같구려."

나왕이 혈도를 제압당한 채 멀뚱멀뚱 돌아가는 상황을 바라보기만 하고 있는 중년 사내 일행을 보며 말했다.

"휴우… 쉽지 않네요. 하지만 뭐, 자왕 오라버니는 충분히 이런 상황을 견뎌내실 거예요. 지금까지 그리 살아왔고……."

유왕 서리가 말했다.

"하지만 그럼 사백님이 너무 불쌍해요."

공예가 안타까운 표정으로 말했다.

"가끔은 이뤄질 수 없는 인연도 있는 법이란다. 아니, 오히려 그런 경우가 더 많지. 그리고 내 생각에는 화 여협은 자왕 오라버니에게 아무런 감정이 없을 것 같구나. 나이 차이도 많고… 또……."

생김새도 추레하다는 말은 차마 하지 못했다. 그녀 앞에 불사나왕이 앉아 있기 때문이었다.

"그런데 대체 어떤 문파일까요?"

문득 적월이 화제를 돌렸다.

"그러게. 아직 저들이 어떤 문파에 속한 자들인지 그것도 모르고 있었구나."

나왕이 시선을 돌려 중년 사내 일행을 보며 말했다.

"물어볼까요?"

적월이 물었다.

"아니다. 그 마누라는 사람이 말하지 않는 이상 저들을 닦달할 수는 없다. 자칫 그가 자신에 대한 도발로 생각할 수 있으니까. 보아하니 세상에 자신들의 존재를 숨기고 사는 사람들 같은데……."

"이럴 줄 알았으면 이평 아저씨를 데려올 걸 그랬어요. 이평 아저씨라면 저 사람들이 어느 곳 출신인지 알 수 있었을지도 모르는데……."

공예가 말했다.

십이천문의 사람들은 설향의 객잔에서 노검객 마누을 추격하기 시작할 때 운하촌에서 함께 온 길잡이 이평과 작별했다.

그는 좀 더 따라오고 싶이 하는 눈치였지만, 설향을 넘어선 지역은 이평이 안내할 길이 아니었다. 그의 역할은 곤륜 초입의 마을 설향까지였고, 이후에는 오히려 십이천문의 행보에 방해가 될 수 있었다. 그래서 설향의 객잔에 이평을 남겨두고 왔던 것이다.

"그도 저들의 정체를 알지는 못할 게다. 아는 곳이라면 설향에 도착하기 전 마누 노사를 막은 자들을 보고 알아챘어야지."

서리가 말했다.

"하긴 그러네요. 아유, 궁금해 죽겠네."

공예가 입술을 삐죽이며 말했다.

"사람은 가끔 기다릴 줄도 알아야 해."

서리가 충고했다.

"알았어요. 그나저나 요기나 해요. 시간도 남는데. 새벽같이 노검객님을 쫓아오느라 아침도 먹지 못했잖아요."

공예가 손을 배를 쓸며 말했다.

"넌 이 상황에서도 배가 고프니?"

유왕 서리가 어이없다는 표정으로 물었다.

"뭐… 상황이야 어쨌거나 밥을 굶지 말아야죠. 힘을 쓰려면."

"아이고, 알았다. 가져온 건량이 있으니 꺼내 와라."

서리가 머리를 저으며 말하자 공예가 얼른 일어나 한쪽에 묶어둔 말에 싣고 온 짐 속에서 건량을 찾아 꺼내 들었다.

"한잔하실래요?"

건량을 꺼내던 공예가 술병 하나를 꺼내 들며 어느새 숲에서 나온 사송에게 소리쳐 물었다.

"어험, 그, 그럴까?"

화명에 대한 일로 의기소침해 있던 사송이 기회다 싶은지 큰 소리로 대답하며 일행이 있는 곳으로 걸어왔다.

요기는 그저 시간을 보내기 위한 핑계에 지나지 않았다. 화명과 수월이 노검객 마누에게서 자신들의 과거를 듣는 시간이 결코 짧지 않을 것을 알고 있기에, 그 시간의 무료함을 달래기 위해 요기가 필요했던 것이다.

거기에 술도 한 병 있으니 더할 나위 없는 소일거리다.

"어허! 좋다."

술병을 들어 한 모금 술을 마신 사송이 시원하게 소리쳤다.

그러자 적월이 걱정스러운 표정으로 화명과 수월이 있는 숲 쪽을 보며 말했다.

"너무 길어지는데요?"

"음… 보통 일은 아니니까."

나왕이 대답했다.

"반시진은 지났지요?"

적월이 다시 물었다.

그러자 이번에는 사송이 대답했다.

"그러게. 그 정도는 된 것 같은데……."

"아무리 긴 이야기도 그 정도면 끝나야 하는데……."

"그러게 말이다."

그제야 사송도 걱정이 되는지 고개를 돌려 세 사람이 사라진 숲을 바라봤다.

그런데 마침 그때 숲에서 세 사람이 모습을 드러냈다.

"흐흐, 호랑이도 제 말 하면 온다더니……."

사송이 세 사람을 보며 실소를 흘렸다.

그런데 그 순간 갑자기 나왕이 자리를 박차고 일어났다. 그러고는 무서운 속도로 세 사람을 향해 달려가며 소리쳤다.

"적이오! 조심하시오!"

그것들은 정말 유령처럼 다가왔다.

세 사람은 불사 나왕이 경고를 하기 전까지 전혀 그들의 존재를 눈치채지 못했다.

그러다가 자신들을 향해 무서운 속도로 달려오면서 소리치는 나왕의 경고에 놀라 뒤를 돌아보는 순간, 그것들은 이미 십여 장 앞까지 다가와 있었다.

그것들은 눈의 색깔을 가지고 있었다. 사람과 짐승이 하나였고, 눈 위를 평지처럼 달렸다.

크릉!

거대한 눈표범이 세 사람을 덮쳤다.

"놈!"

한순간 노검객 마누의 검이 번뜩였다.

크엉!

마누의 검이 벼락처럼 날아가 삼사 장을 도약한 순백의 눈표범을 갈랐다.

눈표범이 비명과 함께 머리가 갈라지면서 설원에 나뒹굴었다. 순식간에 설원이 눈표범의 피로 뒤덮였다.

순백의 시간이 지나가고 피의 시간이 왔음을, 눈 위에 퍼지는 눈표범의 피가 말해주고 있었다.

그르릉!

눈표범이 죽자 사방에서 짐승들의 으르렁거리는 소리가 들려왔다. 그리고 야수들 중간중간에 백의를 입은 자들이 눈에 들어왔다.

한두 마리의 야수가 아니어서, 노검객 마누와 화명, 그리고 수월이 머물렀던 숲이 온통 야수들로 가득 찬 듯 보였다.

"물러나시오."

어느새 세 사람에게 다가선 불사 나왕이 소리쳤다.

그러자 세 사람이 서둘러 숲을 벗어나 불사 나왕이 있는 곳까지 물러났다.

그사이 다른 십이천문 일행 역시 병장기를 꺼내 들고 나왕의 뒤를 따라붙었다.

"대체 이게 무슨 조화죠?"

공예가 두려운 시선으로 야수가 가득한 숲을 보며 입을 열었다.

"그가… 온 모양이오."

노검객 마누가 말했다.

"그라니요?"

가장 어린 공예가 다시 마누에게 물었다.

"귀령사… 그가 온 것 같소."

"그대들 문파의 사람이오?"

이번에는 사송이 물었다.

"그렇소이다."

"참으로 기이한 문파구려. 노검객의 무공도 절대지경에 이르렀는데 야수를 부리는 능력까지… 대체 어떤 문파인 거요?"

사송이 진심으로 궁금하다는 듯 물었다.

그러나 노검객 마누는 사송의 물음에 대답을 하는 대신 걱정스러운 표정으로 중얼거렸다.

"그자가 백수령을 완성한 것인가?"

"대체 그자가 누구요?"

사송이 다시 물었다.

그러자 노검객 마누가 독백을 하듯 대답했다.

"귀령사 적안… 우린 그를 그렇게 부르오."

"제길… 노사의 문파에 대해 알 수가 없으니 이름만 들어서는 그자가 어떤 자인지 알 수가 없구려."

사송이 답답한지 투덜거렸다.

그러자 마누가 고개를 한 번 흔들어 상념을 털어내는 듯하더니 단호한 표정으로 말했다.

"일단 바위 근처로 물러나 단단하게 방어막을 구축해야 할 것 같소. 이런 곳에서 야수들의 공격을 당할 수는 없으니까."

일행이 서 있는 곳은 사방이 환하게 뚫린 설원. 적이 공격해 온다면 몸을 피할 곳이 마땅치 않았다. 더군다나 상대가 야수들이라면 더더욱 무엇엔가 의지해 싸울 곳이 필요했다.

마누의 말에 따라 일행이 빠르게 그들이 본래 있던 바위 근처로 이동했다.

그러자 숲에서 백색 무복을 입은 무리들과 그들이 이끄는 야수들이 모습을 드러냈다.

한눈에 봐도 백여 마리에 이르는 늑대와 눈표범, 그리고 이런 설산에서는 보기 힘든 대호까지 다양한 종류의 야수들이 으르렁대며 설원으로 나왔다.

그런데 가만히 보면 야수들의 목에는 모두 튼튼한 가죽과 쇠사슬로 만든 목줄이 매여 있고, 그 끈을 뒤에 늘어선 백색 무복의 사내들이 부여잡고 있었다.

결국 야수들은 사람의 손에 길이 들여진 놈들이란 뜻이었다.

"저놈들을 잡아 가죽을 벗겨 팔면 돈 좀 되겠군."

서서히 포위망을 형성하는 야수들을 보며 사송이 중얼거렸다.

위기에 처한 듯 보이지만, 사송은 별반 걱정이 되지 않는 듯 보였다. 아마도 언제든 이곳을 벗어날 자신이 있는 모양이었다.

"그가 사술을 부리오?"

침묵하던 불사 나왕이 노검객 마누에게 물었다.

"사술이라… 그리 부를 수도 있고, 환술이라 부를 수도 있고, 우린 영술이라 부르기도 하오만……."

마누가 대답했다.

"어떤 자요?"

나왕이 다시 물었다.

"본 문에선 귀령사라 부르는 자요. 적안이라는 이름을 갖고 있고… 사실 이 모든 일의 근원에 있는 자이기도 하오."

마누가 대답했다.

"그자가 직접 온 것 같소?"

"아마도 어디선가 보고 있을 것이오. 이런 정도의 야수들을 부리려면 영술의 절정이라는 백수령을 완성해야 하는데 그건 오직 그자만이 가능할 테니 말이오."

"그럼 그자를 잡으면 이 모든 사달이 끝나는 거요?"

불사 나왕이 물었다.

그러자 마누가 의아한 표정으로 불사 나왕을 바라봤다. 다른 사람들은 이 위기를 어찌 빗어날까 그길 걱정하고 있는네, 불사 나왕은 아예 이 기회에 문제의 근원을 제거하려 하고 있었다.

이런 상황에서 그처럼 생각을 할 수 있는 사람은 결코 흔치 않았다.

이미 나왕과 겨뤄 그의 무공을 알고 있는 마누조차도 새삼스러운 눈으로 나왕을 볼 수밖에 없었다.

"대체 당신은 누구요?"

노검객 마누가 새삼스럽게 나왕에게 물었다. 아마도 화명과 수월이 십이천문의 사람들과 불사 나왕의 신분에 대해선 아직 말하지 않은 모양이었다.

그러자 나왕이 되물었다.

"당신들 문파는 어떤 곳이오?"

먼저 자신들의 정체를 밝혀야 자신의 정체도 밝힐 수 있다는 뜻이다. 그러자 마누가 잠시 망설이다가 입을 열었다.

"이렇게 된 이상 결국은 알게 될 터이니 말해주리다. 사람들은 우릴 유령문이라고 부르고, 우린 스스로를 천통문이라 부르오."

"아!"

"유령문……!"

마누의 대답에 십이천문의 사람들이 모두 놀라 마누를 바라봤다.

유령문에 대해선 이미 산적 설표 범수의 설명으로 대충은 알고 있었다. 전설이라기보다는 풍문 속의 문파라 해야 더 어울릴 귀문, 설산에서 그들을 만나면 혼을 빼앗겨 미친 사람이 되거나, 그들에게 잡혀 가 죽고 만다고 알려진 그 괴담 속의 문파가 유령문이었다.

그런데 그렇게 바람에 실려 흘러 다니는 풍문의 문파 유령문이 실제로 존재하고 있었던 것이다.

"그 문파가 정말 있었구려."

나왕도 유령문이라는 말에는 조금 놀란 표정으로 말했다.

"그렇소. 곤륜 깊은 곳에서 천 년을 전해 내려온 문파요."

마누의 말에서 자신의 문파에 대한 자부심이 느껴졌다.

지금은 비록 같은 문파의 사람들에게 공격받고 있지만, 여전히 유령문, 스스로 천통문이라 부르는 문파에 깊은 애정을 갖고 있는 것이 분명했다.

"천 년… 정말 천 년이나 됐나요?"

공예가 믿을 수 없다는 듯 되물었다.

"그렇다네, 소형제."

노검객 마누가 고개를 끄떡였다.

"천 년이라니 정말 대단한 문파예요."

당금 강호에서 천 년 역사를 자랑하는 문파는 손에 꼽을 정도로 적다. 무림은 힘이 모든 것을 지배하는 세상, 끊임없는 강자들의 출현으로 한 문파의 흥망성쇠가 무척 빈번하게 일어나는 곳이 무림이었다.

그런 곳에서 천 년의 역사를 지닌다는 것은 드러난 힘 이상의 무엇인가가 그 문파에 내재되어 있다는 의미였다.

"자, 이제 당신들의 정체를 말해줄 수 있겠소?"

마누가 불사 나왕을 보며 물었다.

그러자 나왕이 더 이상 망설이지 않고 대답했다.

"노사께선 유령문을 떠나 강호에 머무시는 동안 혹시 불사 나왕이란 사람의 이름을 들어보셨소이까?"

"불사 나왕!"

노검객 마누가 깜짝 놀란 표정으로 나왕을 바라봤다. 처음에는 믿을 수 없다는 표정이었다. 그러나 잠시 후 마누가 갑자기 고개를 끄떡였다.

"그렇군. 내가 왜 그 생각을 못 했을까? 소문의 불사 나왕의 모습과 이리 흡사한……."

말을 하다 말고 마누가 입을 닫았다.

무심코 한 말 중에 불사 나왕의 외모에 대한 비하의 의미가 담겨 있었기 때문이다. 강호에서 불사 나왕은 강한 무공 못지않게 추한 외모로 유명한 사람이었다.

그 두 가지를 연결시켜 보면 지금 눈앞에 있는 중년의 고수가 불사 나왕이 아닐까 하는 의심을 한 번쯤은 해볼 수 있었다.

"괜찮소이다. 내 외모야 나도 잘 알고 있으니까."

나왕이 미안해하는 마누에게 덤덤하게 말했다.

그러자 마누가 다시 입을 열었다.

"불사 대협의 명성은 강호의 십대고수 반열에서 논의된다는 것을 알고 있소. 그러니 어찌 감히 외모로서 불사 대협을 평할 수 있겠소. 내가 실수를 한 것이 맞소. 그런데 어떻게 불사 대협께서 두 분 아기씨의 일을……?"

마누가 이해가 가지 않는다는 듯 물었다.

그러자 불사 나왕이 대답했다.

"난 지금 작은 청부문에 몸을 담고 있소. 십이천문이라고… 이곳에 온 것은 본 문에 두 사람이 청부를 했기 때문이오."

나왕이 화명과 수월을 가리키며 말했다.

"음… 불사께서 청부문이라……."

마누가 쉽게 믿을 수 없다는 듯 중얼거렸다.

하긴 칠마, 십육마문의 난 중에 탄생한 무림의 영웅 중 가장 유명한 인물 중 한 사람인 불사 나왕이 청부문에 몸을 담고 있다면 누구라도 쉽게 믿을 수 없을 것이다.

"불사 대협의 말씀은 사실이에요. 저희가 십이천문에 청부를 했어요."

화명이 마누의 의구심을 털어내려는 듯 나왕의 말을 확인해 주었다.

"후우… 그게 정말이라면 참으로 기이한 선택을 하셨구려."

마누가 나왕을 보며 대답했다.

그러자 나왕이 가볍게 미소를 지으며 대답했다.

"사람의 운명이란 것이 꼭 예상한 대로만 흘러가는 것이 아니라는 것을 노사께서도 잘 아시지 않소이까?"

"하긴… 운명이란 놈은 참 괴물 같은 놈이긴 하오."

마누가 고개를 끄떡였다.

그런데 그때 갑자기 백수의 무리를 이끌고 있는 자들 중에서 한줄기 날카로운 목소리가 터져 나왔다.

"무령사, 숨어 있지 말고 앞으로 나와보시오. 우리 사이에 인사라도 나눠야 하지 않겠소?"

목소리가 들리자 사람들이 그 주인을 찾아 시선을 돌렸다.

그러자 백호를 옆에 두고 무리의 앞쪽에 나와 서 있는, 도를 닦는 수련인 복장을 한 노인이 눈에 들어왔다.

노인의 등장에 마누가 불사 나왕의 대한 호기심에서 벗어나 다시금 차가운 살기를 뿜어내기 시작했다.

"저자요. 저자가 바로 본 문의 귀령사 적안이오!"

제10장
천통문이라는 늪

　십이천문의 사람들은 나중에 알게 된 사실이지만, 전설의 천
년 무가 유령문은 문주 아래 세 명의 령사(令使)를 두어 문파를
이어왔다.

　무령사, 법령사, 귀령사로 불리는 이 세 사람은, 천손의 자손이
라고 자칭하는 유령문 문주를 보위했는데, 그중에서 귀령사는
유령문에 전해 내려오는 신비한 점술과 환술, 그리고 사술에 가
까운 무공을 가진 존재였다.

　특히 그의 점술은 유령문의 행보를 결정하는 중요한 수단으
로 받아들여져서 유령문의 운명에 커다란 영향을 끼치는 존재라
고 했다.

　그 귀령사가 지금 야수들을 이끌고 노검객 마누를 찾아온 것
이다.

"귀령사, 그대가 감히 날 만날 자격이 있다고 생각하는가?"

귀령사 적안의 등장에 노검객 마누가 훌쩍 몸을 날려 바위 위로 올라서며 소리쳤다.

"법령사와 함께 우리 세 사람은 천통문을 이끌어가는 삼두마차인데 어찌 무령사 그대를 만날 자격이 내게 없다고 할 수 있소?"

백호의 목덜미를 가볍게 쓸며 천통문의 귀령사 적안이 대답했다.

그러자 노검객 마누가 노한 목소리로 추궁했다.

"그대는 간교한 말로 문주께 천인공노할 사술을 권했고, 그 일로 인해 오늘날 본 문은 천 년 전통이 끝날 위기에 처했는데, 감히 그대에게 귀령사의 자격이 있다고 생각하는가?"

"나의 모든 조언은 모두 본 문의 영화를 위한 진심 어린 것이었소. 그리고 그 조언을 받아들인 것은 문주 본인이시오. 그러니 그 일이 어찌 내 잘못이라고 할 수 있겠소. 오히려 본 문이 천하제일문이 될 수 있는 기회를 망쳐 버린 무령사 그대야말로 본 문의 배신자가 아니오?"

"간교한 궤변이다. 그 사악한 대법은 본 문이 생긴 이래 철저한 금기시된 대법이었다. 그 사악한 대법을 문주께 권한 자가 어찌 배신자 운운할 수 있단 말인가. 하물며 그로 인해 천륜을 파괴한다면 무슨 가치가 있단 말인가?"

마누가 호통쳤다.

그러자 귀령사 적안이 고개를 저으며 말했다.

"무령사, 그대는 세상에 나가 이십오 년을 살면서도 아직 그런 순진한 소리를 하는구려. 천하에 군림하는 절대적 무가들치고 크고 작은 잘못을 하지 않은 문파가 있다고 생각하시오? 명문정파의 거두라 할 수 있는 저 소림조차도 그 역사 속에는 차마 세상에 밝힐 수 없는 패륜적인 일들이 적지 않을 것이오. 그런데 그런 사소한 도리에 발이 묶여 본 문이 천하에 군림할 기회를 깨뜨려 버렸으니 무령사 그대야말로 본 문의 죄인이오."

"적안, 그대는 여전히 솔직하지 못하군."

노검객 마누가 차갑게 말했다.

"도덕군자입네 하는 그대보다야 솔직하다고 생각하오만."

"그대의 제안이 정녕 본 문의 영화를 위한 것이었는가? 난 그보단 그대의 야욕을 위한 것이라 생각하는데……."

"천통문에 대한 내 충성심을 모독하지 마시오!"

적안이 붉은 안광을 토해냈다.

"흥, 천통문에 대한 충성심? 그럼 묻겠다. 그대의 조언대로 문주께서 대법에 성공하셨다고 하자. 그럼 문주 이후의 천통문은 누가 다스릴 것인가. 그 대법으로 두 분 아기씨께서 희생당하고 마셨을 터인데……."

"문주께선 여전히 후손을 보실 수 있는 나이요."

적안이 대답했다.

순간 마누의 입에서 노성이 토해졌다.

"닥쳐라! 감히 날 우롱하려 드는가? 천통음양대법이 시행되면 시전자는 음양인으로 변해 후손을 볼 수 없다는 사실을 내가 모를 거라 생각하는가? 그 사실을… 그대는 문주께 말씀드렸느냐?"

마누의 분노 어린 지적에 적안의 얼굴이 한차례 꿈틀거렸다.

"그런… 일은 일어나지 않소. 무령사 그대가 잘못 알고 있는 것이오."

"후후후, 감히 나 마누를 속이겠다고? 다른 사람은 몰라도 난 천통음양대법의 폐해를 누구보다 잘 알고 있는 사람이다. 내가 천통문의 무령사임을 잊었는가? 천통문의 무령사는 천통문에 전해지는 모든 무공을 알고 있다. 비록 그 무공들을 수련치는 않아도 말이다."

마누의 추궁에 귀령사 적안이 아무런 대꾸를 하지 못했다. 그러자 마누가 다시 추궁했다.

"대법이 완성되어 문주께서 음양인이 되셨다면 그 이후 천통문의 후사는 어찌할 생각이었는가?"

마누의 추궁에 적안이 여전히 대꾸를 하지 못했다.

그러자 마누가 마지막 일격을 가했다.

"결국 그대의 손에 천통문을 넣는 것이 이 모든 일의 최종 목적이었겠지. 아니 그런가?"

마누가 호통을 쳤다.

그런데 노검객 마누의 말을 들으며 가장 놀란 사람은 적안이나 십이천문의 사람들이 아니었다.

그들보다 더 놀란 사람들은 십이천문에 잡혀 있던 중년 사내와 그 일행이었다.

그들은 마누의 입에서 쏟아지는 적안의 사악한 음모들을 처음에는 믿지 않았으나, 적안이 그에 대해 아무런 변명도 하지 못하자 이제는 마누의 말이 사실임을 믿지 않을 수 없었다.

그렇게 마누의 말이 사실임을 인정하자 중년 사내와 그 동료들은 당황할 수밖에 없었다. 애초부터 마누가 배신자라고까지는 생각지 않았지만, 그래도 그가 자신들이 모시는 천통문 문주의 뜻을 거스른 사람이란 것은 분명했었다.

  그런데 마누의 말을 듣고 보니 마누의 행동은 오히려 천통문의 정통성을 지키기 위한 고육지책이었던 것 같아 보였다.

  그러자 그들은 묻지 않을 수 없었다.

  "대체⋯ 왜 그런 이야기를 이제야 하는 것입니까?"

  중년 사내가 마누에게 물었다.

  "저자를 눈앞에 두고 묻지 않았다면 그대들은 내 이야기를 사실로 믿었겠는가?"

  "그건⋯⋯."

  사내가 제대로 답을 하지 못했다.

  "그대들은 두 분 아기씨의 혈통까지 의심하던 사람들 아닌가? 저자의 거짓말에 속아서 말이야."

  "⋯⋯."

  중년 사내가 마누의 말에 아무런 대꾸도 하지 못했다. 마누의 말을 부정할 자신이 없었던 것이다.

  "혈도를 풀어주십시오."

  중년 사내가 고개를 숙이며 말했다.

  "무슨 뜻인가?"

  마누가 물었다.

  "모든 일의 원흉이 누구인지 안 이상, 이대로 있을 수는 없지요."

"나더러 자네들을 믿으라는 건가?"

마누가 차갑게 물었다. 그러자 중년 사내가 억울한 표정으로 말했다.

"몰랐을 때라면 몰라도 사실을 알게 된 이상 천통문을 지키기 위해 목숨을 버릴 각오가 되어 있는 저희들입니다."

"하지만 아무사, 그대는 천무위 소속이지. 천무위장 서륭의 심복이기도 하고."

"설마… 천무위장님까지 의심하시는 겁니까?"

아무사라 불린 중년 사내가 놀란 표정으로 물었다.

"천무위장은 문주님을 가장 가까이서 모시는 사람이다. 그의 허락이 없다면 문주님을 뵙지조차 못하지. 그런데 난 아기씨들을 데리고 천통문을 떠나기 전 열흘 동안 문주님을 뵙지 못했다. 천무위장의 방해로 말이다."

"……."

마누의 말에 아무사라 불린 사내가 대답을 하지 못하고 얼굴을 일그러뜨렸다. 아무리 부정하려 해도 마누가 하는 말들을 부정할 방법이 없었던 것이다.

"그래서 나로선 떠날 수밖에 없었다. 문내에서 내가 할 수 있는 일이 없다는 것을 알게 되었으니 말이다."

"……."

아무사는 여전히 아무 말도 하지 못했다. 그러자 마누가 다시 물었다.

"그래도 내가 자네들을 믿어야 한다고 생각하는가?"

그러자 아무사라 불린 중년 사내가 대답했다.

"그 모든 추측이 사실이라면 저희들은 천무위장님을 따르지 않을 것입니다. 우리가 충성하는 사람은 문주님이지 천무위장이 아닙니다."

아무사가 단호하게 말했다.

그러자 마누가 잠시 망설이는 듯하다가 불사 나왕에게 물었다.

"어찌하면 좋겠소?"

비록 자신이 나서서 귀령사 적안을 상대하고 있지만, 현재 이 무리의 우두머리가 불사 나왕임을 모르지 않는 마누였다. 그러자 불사 나왕이 망설이지 않고 대답했다.

"그들을 믿을 수 없소."

"왜, 왜 믿지 못하겠다는 거요? 천통문에 대한 우리의 충성심을 의심한단 것이오?"

아무사가 화가 난 표정으로 소리쳤다.

그러자 불사 나왕이 고개를 저었다.

"아니, 그대들 문파에 대한 충성심이야 의심하지는 않소. 그런데 그래서 그대들을 믿지 못하겠다는 거요."

"대체 그게 무슨……?"

아무사가 불사 나왕의 말을 이해할 수 없다는 표정으로 되물었다.

"그대들이 저들과 싸울 거라는 건 의심하지 않소. 그러나 싸움이 끝난 후 우리에게 검을 들이대지 않을 거라고 확신할 수 없다는 거요. 왜냐하면 우리가 그대들의 그 위대한 가문, 천통문의 감추고 싶어 하는 비밀의 일부를 어쩔 수 없이 알아버렸으니 말이오."

"절대 그럴 일 없소."

아무사가 퉁명스레 대답했다.

"글쎄… 난 사람을 믿지 않는 편이라서."

그러자 아무사가 자연스레 노검객 마누를 바라봤다. 그러나 마누 역시 고개를 저었다.

"불사 대협이 허락지 않으면 나도 어쩔 수 없네."

"무령사께서도 저희를 믿지 못하시는군요."

아무사가 서운한 표정으로 말했다.

"아니, 난 자네들을 믿네. 하지만 지금은 어쩔 수 없어."

마누가 대답하자 아무사가 다시 시선을 불사 나왕에게 돌리며 물었다.

"우리 도움 없이 저들을 상대할 자신이 있소?"

"물론!"

나왕이 망설이지 않고 대답했다. 너무 쉬운 대답에 아무사가 오히려 당황한 표정을 지으며 말했다.

"저들은 본 문 최고의 신비인들이자 귀령의 사람들이오."

"그래봐야 짐승 따위의 힘을 빌어 쓰는 자들일 뿐이지."

불사 나왕이 퉁명스레 대답했다. 그에게 귀령사 적안이 이끌고 온 귀령의 무사들과 야수들은 안중에 없는 듯했다.

"정말… 광오하구려."

아무사가 불사 나왕의 오만함에 고개를 저으며 말했다.

그러자 나왕이 대답했다.

"난 불사 나왕이란 사람이오. 곤륜 산중에 살아 나에 대해 잘 모른다면 나중에라도 그대들의 부령사께 물어보시오. 내가 어떤 사람인지."

나왕의 말에 아무사가 노검객 마누를 바라봤다.

그러자 마누가 대답했다.

"그는… 그럴 자격이 있는 사람이다."

마누까지 불사 나왕의 말에 동의하자 아무사가 새삼스러운 시선으로 나왕을 바라봤다.

그러나 나왕은 더 이상 아무사와 그 일행에 대해 관심을 두지 않았다. 어느새 귀령사 적안이 이끄는 야수의 무리들이 일행 가까이 포위망을 좁혀오고 있었기 때문이다.

귀령사 적안은 짧은 검을 눈 위로 치켜들고 있었다. 그의 짧은 검에서 신비로운 자색 빛이 흘러나와 주위를 물들이듯 퍼져 나갔다. 그리고 아련하게나마 사람들의 귓가에 적안이 읊조리는 귀기 어린 주문 소리가 들렸다.

짐승들은 그 소리에 맞춰 전진하고 있었다.

그리고 어느 순간부터는 설원의 눈들이 일어나 야수 무리들을 휘어 감기 시작했다. 눈보라가 짙어지면 곧 야수의 무리가 완전히 눈보라 속에 감춰질 것 같았다.

"이럴 줄 알았으면 활과 화살을 좀 챙겨 올 걸 그랬어요."

눈보라에 휩싸이는 야수들을 보며 적월이 말했다.

그러자 나왕이 고개를 끄떡였다.

"그렇구나. 짐승의 피를 도검에 묻히는 것은 불쾌한 일이지."

"조심해야 할 것은 저 짐승들이 아니라 귀령사 적안의 능력이오. 그의 사술과 환술은 무림에서도 대적할 자가 많지 않을 것이오. 더군다나 야수들을 마음대로 부릴 수 있는 백수령까지 터득했다면 더더욱 위험하오. 백수령에 의해 움직이는 야수들은 귀령사가 만들어내는 환영진의 일부가 될 수 있소. 지금 놈들의 움직임을 보면 벌써 그런 환영진을 구축하고 있는 것 같소이다."

그러자 그 말을 듣고 있던 자왕 사송이 말했다.

"그럼 저 짐승들을 흩어버리면 되지 않겠습니까?"

"그게 말처럼 쉬운 일이 아니오."

마누가 대답했다.

그러자 사송이 자리에서 일어나며 중얼거렸다.

"까짓 짐승들 상대하는 게 뭐가 어렵겠습니까."

"뭘 어쩌려고요?"

유왕 서리가 갑작스러운 사송의 행동에 놀라 급히 물었다.

"가서 몇 놈 죽이려고, 그럼 진에 균열이 가겠지. 길들여진 야수라도 동료가 죽으면 야성이 살아날 테니 사람의 진을 유지할 수 없을 거야. 그때 일제히 공격하면 환영진이든 뭐든 깨지고 말 거야."

"혼자 가는 것은 자살 행위요."

마누가 사송을 만류했다.

"흐흐… 그거야 다른 사람들 이야기고. 사실 나도 불사 대협 못지않게 자랑할 만한 재능이 있습니다. 적월!"

"예, 숙부!"

"이 숙부의 실력을 잘 봐둬라."

"이미 알고 있는걸요, 뭐."

"후후, 지금까지는 맛보기고 오늘에서야 넌 진정한 숙부의 능력을 보게 될 거다."

사송이 그 말을 남기고 훌쩍 바위 위에서 날아내렸다.

"조심해요."

유왕 서리가 급히 외쳤다.

"걱정 마!"

이미 사송의 모습은 더 이상 보이지 않았다. 오직 그의 목소리만 일행의 귀에 들릴 뿐이었다.

사송이 감쪽같이 사라지자 화명이 놀란 얼굴로 유왕 서리에게 물었다.

"대체 어디로 사라지신 거죠?"

"오라버니는 오라버니만의 방법이 있어요."

유왕 서리가 설원에서 눈을 떼지 않고 대답했다.

"정말 괜찮으실까요?"

화명이 겁에 질린 표정으로 물었다.

그러자 유왕 서리가 고개를 돌려 화명을 보며 말했다.

"오라버니 걱정은 말아요. 어딜 가도 죽을 사람은 아니니까. 그런데… 오라버니와 같은 생각인가요?"

"예?"

서리의 질문에 화명이 질문의 뜻을 이해하지 못하고 되물었다. 그러자 서리가 이내 고개를 저었다.

"아니에요. 나중에 이야기하죠. 지금은 저들을 상대하는 것이 중요하니."

서리가 질문을 거둬들이자 화명이 의아한 표정으로 서리를 바라봤지만, 유왕 서리는 더 이상 화명을 보고 있지 않았다.

"거의 다 가셨어요."
문득 적월이 말했다.
"보고 있느냐?"
불사 나왕이 물었다.
"그럼요."
"좋구나. 네 나이에 그런 눈을 가진 사람은 아마도 천하에 없을 것이다. 선천적으로 타고난 사람들 말고는……."
"불파일맥의 전승자인데 그 정도는 돼야죠."
적월이 어깨를 으쓱거리며 말했다.
"이 싸움을 잘 봐둬라. 아주 좋은 경험이 될 것이다. 한눈에 봐도 저자가 펼친 환영진은 절진이라 부를 만한 것이다. 그런 진을 깨뜨리는 방법을 배우기에는 아주 적합한 기회지. 그리고, 진이 깨져 난전이 시작되면 사술을 쓰는 자들을 상대하게 될 테니 각별히 조심하고."
"명심할게요."
적월이 대답했다. 그러자 곁에서 두 사람의 대화를 듣고 있던 마누가 불만스러운 표정으로 말했다.
"귀령의 무공이 기이하기는 하나 사술은 아니오."
적이 되었지만, 천통문 무공의 한 줄기인 귀령의 무공을 사술로 보는 불사 나왕의 말이 마음에 들지 않는 모양이었다.
"무공의 문제가 아니라 사람의 문제 아니겠소이까?"
불사 나왕이 대꾸했다.

정사의 구분은 무공이 아니라 그 무공을 사용하는 사람의 문제란 것인 평소 나왕의 생각이었고, 그 생각 그대로 말한 것이다.

그런 나왕의 반박에는 마두도 더 이상 대답을 할 말이 없었다. 귀령사 적안이 사악한 자임은 누구보다 그가 잘 알기 때문이었다.

갑자기 귀령사 적안이 이끄는 야수 무리 사이에서 처절한 비명 소리가 터져 나왔다.

"카앙!"

야수의 울부짖음이 터져 나오는 순간 야수들을 휘어 감고 있던 눈보라 속에서 붉은 핏줄기가 분수처럼 솟구쳤다.

"악!"

뒤를 이어 사람의 비명도 터져 나왔다. 야수와 사람이 거의 동시에 원인 모를 공격을 받고 비명을 터뜨리며 쓰러지자 야수의 진영이 크게 흔들리기 시작했다.

그러자 야수 무리를 휘감고 있던 눈보라들도 급격히 옅어지더니 그 안에서 당황해 날뛰는 야수들의 모습이 보였다.

그런데 이번에는 처음 공격당한 곳으로부터 이십여 장이나 떨어진 곳에서 또다시 비명 소리가 터져 나왔다.

"크앙!"

늑대가 무리를 이루고 있던 곳이었는데, 두 마리의 늑대가 한순간에 허리가 잘려 나가며 설원에 피를 뿌렸다.

그리고 연이어 이어지는 야수들의 비명 소리가 귀령사 적안이 만든 환영진 곳곳에서 터져 나오기 시작했다.

어떤 흐름도, 어떤 규칙도 없었다. 방향을 정하지 않고 터져 나오는 야수들의 비명 소리는 마치 여러 사람이 동시에 야수들을 공격하는 것 같았다.

그러나 사람들은 알고 있었다. 그 일이 오직 자왕 사송 한 사람이 해내고 있는 일이라는 것을.

"대체 어떻게……?"

절정의 고수인 마누조차 사송이 보여주는 놀라운 움직임을 이해하지 못하겠는지 의문을 드러냈다. 그러자 불사 나왕이 차분하게 말했다.

"그는 가지 못할 곳이 없는 사람이외다."

"대체 그의 정체가 무엇이오?"

마누가 물었다.

"그는 자왕 사송이라는 사람이오."

"자왕 사송… 모르는 이름이구려."

"세상에는 잘 알려지지 않은 사람이오. 그러나… 그 능력은 나에 못지않소."

나왕의 말에 마누가 탄식을 흘렸다.

"아… 두 분 아기씨께서는 정말 대단한 조력자를 구했구려. 설마 이런 고수들일 줄이야……."

이미 불사 나왕 한 명으로도 놀라기에는 충분했다. 그런데 그에 못지않은 고수가 더 있으니 마누로서는 이 십이천문이라는 생소한 청부문을 지금까지와는 다른 눈으로 보지 않을 수 없었다.

"진(陣)이 흐트러진 것 같으니 우리도 나서죠?"

문득 유왕 서리가 마음 급한 목소리로 말했다. 아마도 자왕 사송을 전장에 홀로 두는 것이 걱정되는 모양이었다.

"그럽시다. 가자!"

나왕이 대답했다.

그러자 적월이 가장 먼저 바위를 날아내려 야수들의 포효가 가득한 적진을 향해 질주하기 시작했다.

"넌 절대 내 곁에서 떨어지지 말거라."

앞서 달리는 적월과 나왕을 따라가려는 공예에게 유왕 서리가 말했다.

"짐승 따위는 저도 상대할 수 있다고요."

언제나 어린애 취급을 당하는 것이 불만인지 공예가 입을 삐쭉이며 대답했다.

"어허, 보통 짐승들이 아니야. 그러니까 내게서 십 장 밖으로 떨어지지 말거라. 아니면 이곳에 있든지."

"알았어요. 사부님 곁에 붙어 있을게요."

남겨두겠다는 경고에 공예가 얼른 서리의 말에 수긍했다.

"좋아. 약속은 꼭 지켜라. 가자."

서리의 허락이 떨어지자 공예가 먼저 몸을 날렸다. 그러자 서리가 공예와의 거리가 벌어질까 봐 얼른 공예의 뒤를 따랐다.

"두 분 아기씨는 이곳에 계십시오."

마누가 큰 검을 뽑아 들며 말했다.

"그럴 수는 없지요."

수월이 단호하게 말했다.

"하지만 아기씨……."

"됐어요. 저자가 이 사달을 만든 자라면 더욱 그를 용서할 수 없어요. 물론… 그의 말에 현혹되어 자식을 버린 아버지는 역시 용서할 수 없지만."

"아기씨……."

마누가 말을 잇지 못하고 안타까운 표정으로 화명과 수월 두 여인을 바라봤다.

"저자의 머리를 들고 가서 아버지란 사람을 만나겠어요. 가자. 화명!"

"응!"

화명이 굳은 얼굴로 대답했다.

그 직후 두 사람이 쌍둥이라는 것을 증명이라도 하듯 어깨를 나란히 하고 적진을 향해 질주하기 시작했다.

"후우… 운명이란 이렇게 잔인한 것이던가. 난 영원히 문주와 두 분 아기씨가 만나지 않기를 바랐는데……."

마누가 비통한 표정으로 중얼거리다가 이내 검을 잡은 손에 힘을 주며 무겁게 말했다.

"어쨌거나 귀령사 적안, 네 목은 내 차지다."

쿵!

마누가 태산처럼 무겁게 설원에 내려선 후, 태풍처럼 거대한 눈보라를 일으키며 눈밭을 질주하기 시작했다.

*　　　　　*　　　　　*

크앙!

자왕 사송에 의해 진세가 많이 허물어져 있었지만, 유령문의 귀령사 적안에 의해 통제되는 귀령의 힘은 대단했다.

적안은 사방으로 흩어지려는 야수들을 사술인 백수령으로 다시 통제하기 시작했다.

귀령의 무리들은 사람과 야수가 뒤섞인 대여섯이 한 무리가 되어 십이천문의 고수들을 공격했다.

잘 훈련된 야수는 무림 고수 이상의 움직임을 보였다.

적월은 늑대 무리 대여섯 마리가 함께 공격했는데, 놈들은 귀령의 고수 한 명의 지시에 따라 적월을 둘러싸고 사방에서 달려들며 빈틈을 노리고 있었다.

그러나 적월은 사나운 늑대들의 공격에도 불구하고 여유 있게 놈들을 상대하고 있었다.

검신 백초산의 금강검은 야수들과의 싸움에서도 유용했다. 야수들의 날카로운 공격은 적월의 검이 가볍게 움직일 때마다 허무하게 적월을 비껴 나갔다. 그리고 그럴 때마다 적월의 검이 늑대들의 급소를 베어냈다.

금강검과 불파일맥의 일살검이 어우러진 이 무공은 두 검법을 자세히 알지 못하는 사람이 본다면 하나의 검법을 사용하고 있다고 착각할 만큼 완벽한 조화를 만들어내고 있었다.

"캉!"

"크앙!"

피를 보자 더욱 사나워진 늑대들이 목숨이 위험할 정도의 부상을 입었음에도 불구하고 적월을 향해 맹렬하게 달려들었다.

본래 야성의 늑대들은 강자를 만나면 본능적으로 꼬리를 말고 도망치게 마련인데 귀령사 적안이 길들인 늑대들은 죽음을 두려워하지 않고 적월을 향해 달려들고 있었다.

"죽음조차 두려워하지 않는 괴물로 만들었다는 건가? 그럼 결국 모두 죽여야 한단 말이군. 미물들이지만 불행한 운명이군."

적월이 지치지 않고 달려드는 늑대들을 보며 눈살을 찌푸렸다.

적당히 두려움을 안겨주면 야생의 늑대 무리처럼 꼬리를 말고 도주할 거란 생각이 틀렸던 것이다.

결국 모두 죽여야 한다는 뜻이니, 사술에 지배당하는 미물들을 죽이는 일이 사람을 베는 것보다도 더 불편하게 느껴지는 적월이었다.

"가능한 편하게 보내주마!"

결심을 굳히는 순간 적월이 늑대 무리들을 향해 달려들었다.

삭!

적월의 검이 날카롭게 허공을 베어냈다. 그러자 그 검로를 따라 붉은 핏줄기가 솟구쳤다.

"킥!"

비명 소리 같지도 않았다. 사나운 늑대가 작은 재채기를 하는 듯한 소리를 내뱉더니 그대로 설원에 너부러졌다. 물론 그 이전에 숨이 끊긴 상태였다.

우웅!

이번에는 묵직한 검음이 허공을 갈랐다. 그러자 이번에는 제법 큰 비명 소리가 들리더니 늑대 두 마리가 목에서 피를 뿌리며 숨이 끊겼다.

삽시간에 세 마리의 동료를 잃은 늑대들이 그제야 두려운 빛을 보이며 적월에게 달려들지 못했다. 그러면서도 도주는 하지 않고 적월을 둘러싸고서 짙은 살기를 드러내며 으르렁거렸다.

"후우… 네놈들은 정말……."

여전히 물러나지 않는 늑대들을 보며 고개를 젓던 적월이 문득 늑대 무리로부터 오 장여 뒤쪽에 서 있는 백색 무복의 사내를 발견했다.

사실 처음부터 사내의 존재를 몰랐던 것은 아니었다. 단지 사내는 뒤로 물러나 있고 늑대들이 앞에 나와 있었기에 그동안은 사내를 안중에 두지 않았던 것이다.

그런데 세 마리의 늑대를 죽여 늑대들의 공격을 일순간이나마 멈추게 만들자 그제야 사내에게 관심이 간 적월이었다.

"머리를 자르면 꼬리는 힘을 쓰지 못하는 법이지."

늑대들을 움직이는 것이 사내란 사실을 떠올린 적월의 눈빛이 번쩍였다.

그 직후 적월의 몸이 생각보다 빨리 움직였다.

탓!

적월이 설원을 박찼다. 그러자 그의 몸이 순식간에 자신의 앞을 가로막고 있는 늑대들 위로 솟구쳤다.

"컹!"

자신들을 공격하는 줄 알고 늑대들이 적월을 향해 이빨을 드러내며 달려들었다.

팍!

적월이 발아래로 달려드는 늑대의 머리를 가볍게 밟으며 다시 한번 도약했다.

캥!

머리를 밟힌 늑대가 늙은 개의 소리를 내며 땅에 나뒹굴었다. 그사이 적월은 어느새 백색 무복의 사내의 머리 위에 도달해 있었다.

"놈!"

늑대들을 단번에 날아 넘어 자신을 공격하는 적월을 향해 중년의 백색 무사가 노성을 터뜨리면서 검을 휘둘렀다.

쐐액!

유령문 무사의 검술은 평범하지 않았다. 그저 늑대나 부려 적을 상대하는 자가 아니란 뜻이다.

날카로운 파공음과 함께 뻗어 나온 유령문 무사의 검이 뱀처럼 구불거렸다.

그러자 순식간에 검의 숫자가 다섯 개로 늘어났다. 절정의 환검술이 보여주는 눈부신 검의 그림자들이 순식간에 적월을 그물처럼 덮쳐왔다.

적월 역시 사내를 향해 춤추듯 검을 휘둘렀다.

지잉!

사람의 귀를 불쾌하게 만드는 마찰음이 여러 차례 일어났다. 그 와중에 사내와 적월이 반장 안쪽으로 다가섰다.

그런데 적월과 마주한 사내의 얼굴이 하얗게 질려 있었다. 절정의 경지에 이른 자신의 환검이 적월의 검에 비껴 나가며 상대의 옷자락 한 곳 건드리지 못한 것에 놀란 모습이었다.

그리고 공격이 실패했을 때 반드시 찾아오는 결말이 그에게도 찾아왔다.

팟!

반장 안쪽으로 좁아진 공간에서 적월의 검이 눈에 보이지 않는 속도로 움직였다.

그리고 순식간에 검과 적월의 몸이 함께 사내를 지나쳤다.

사내는 자신을 지나쳐 지나간 적월을 향해 재빨리 몸을 돌리려 했다. 그러나 그 순간 사내의 얼굴이 당혹함으로 물들었다. 그의 몸이 자신의 의지를 따르지 못했던 것이다.

"으으……."

혀 역시 마찬가지여서 하고 싶은 말을 내뱉지 못했다. 대신 그의 의지와 상관없이 몸이 고목나무처럼 설원에 쓰러졌다.

쿵!

사내가 그대로 절명했다.

죽은 사내를 보며 적월이 한차례 눈살을 찌푸린 후 부리는 자를 잃고 우왕좌왕하고 있는 늑대 무리를 보며 고함을 쳤다.

"이놈들, 당장 물러가라. 미물들이 감히 사람의 일에 관여하는 것이 아니다!"

마치 사람에게 하는 듯한 적월의 호통에 신기하게도 살아남은 늑대들이 말귀를 알아들은 것처럼 컹컹거리며 전장을 벗어나 도주하기 시작했다.

"거참, 사람 말도 가르친 건가?"

기대치 않고 했던 호통에 늑대들이 도망가자 적월이 오히려 당황한 표정으로 중얼거렸다.

그때 갑자기 가까운 곳에서 유령문의 노검객, 마누의 서늘한 목소리가 들려왔다.

"귀령사, 오늘 반드시 그대의 목을 베겠다. 각오하라!"

처음 그런대로 균형을 유지하던 인간과 야수들의 싸움은 결국 인간 쪽으로 그 전세가 기울어가고 있었다.

아무리 대단한 사술로 길들였다고 해도 야수들이 내력을 사용하는 무림 고수들을 감당할 수는 없었던 것이다.

특히 적월을 포함해 불사 나왕과 자왕 사송, 그리고 유령문의 무령사인 마누의 무공 앞에서 야수들의 흉성은 아무런 위협이 되지 못했다.

그래서 이제 완전히 흐트러진 야수들의 진영 사이로 노검객 마누가 무겁게 걸음을 옮기고 있었다.

그리고 그 끝에는 여전히 냉막한 표정을 유지하고 있는 귀령사 적안이 서 있었다.

"무령사, 결국 끝까지 내게 방해가 되는구려."

야수들의 울부짖음 속에서 적안이 무령사 마누를 보며 말했다. 담담하지만 그 속에 잠재된 분노가 모두에게 전해졌다.

"이 모든 결과는 그대가 선택한 것이지."

마누가 말했다.

그 와중에 표범 한 마리가 마누에게 달려들었으나, 마누의 일검에 두개골이 반으로 갈려 즉사했다.

이제 더 이상 마누의 앞을 막는 유령문의 무사도, 야수도 존재하지 않았다.

저벅저벅!

마누의 발이 눈을 밟는 소리가 유난히 크게 들렸다. 더불어 두 사람의 거리가 가까워질수록 장내에서 벌어지는 싸움의 강도가 급격하게 약해지고 있었다.

십이천문의 사람들도 유령문 귀령의 무사들도 두 사람의 대결을 놓치지 않으려는 듯 스스로 싸움의 수위를 낮추고 있었던 것이다.

더불어 귀령사 적안이 마누에게 집중하느라 야수들을 조종하는 백수령이 약해져 적지 않은 야수들이 전장을 벗어나 도주했기에, 야수들의 울부짖음 역시 잦아들고 있었다.

"오늘 그대와 나의 악연을 끝내겠다. 이후, 문주님을 찾아가 과거를 청산하고 천통문을 다시 세울 것이다."

마누가 당장에라도 적안의 목을 벨 것 같은 기세로 다가서며 말했다. 그러자 적안이 한줄기 미소를 지으며 대꾸했다.

"그대는 내가 누군지 잊은 모양이군."

"본 문을 멸문의 구덩이로 이끌어가는 간교한 자임을 어찌 잊을 수 있겠는가?"

마누가 말했다.

그러자 적안이 갑자기 얼굴을 굳히며 말했다.

"난 천통문의 삼대령사 중 한 명인 귀령사 적안이다. 오늘의 싸움… 내가 패했음을 인정한다. 그러나 이 패배는 그대에게 패한 것이 아니다. 그대가 끌어들인 외인의 힘을 몰랐던 내 실수다. 하지만 그렇다고 그대가 날 제압할 수 있는 것은 아니다. 그건… 문주조차도 할 수 없는 일이다. 일어나라. 나의 전

사들아!"

갑자기 적안이 두 손을 들어 올렸다. 그러자 그의 왼손에 들린 작은 쇠종이 요란한 소리를 내기 시작했다.

순간 전의를 상실하고 배회하던 야수들의 눈에서 갑자기 붉은빛이 흘러나오기 시작했다. 그리고 그중 백호와 표범, 그리고 늑대 십여 마리가 한꺼번에 마누를 향해 달려들기 시작했다.

"하찮은 미물 따위!"

마누가 차가운 비웃음과 함께 벼락처럼 검을 휘둘렀다.

콰이이!

허공을 가르는 마누의 검에서 투명한 검기가 일 장 길이로 뻗어 나왔다. 검기는 가장 앞서 마누에게 달려들던 대호의 머리를 단번에 갈랐다.

크앙!

대호의 입에서 천둥 같은 비명 소리가 터져 나왔다. 그리고 거의 목까지 반으로 갈린 대호의 사체가 그대로 마누의 발아래 떨어졌다.

일검에 대호를 가른 마누는 거기서 멈추지 않았다. 그의 신형이 무서운 속도로 회전하자 그의 몸을 따라 거세게 눈보라가 일어났다.

그에 맞서 귀령사 적안의 주위에서도 그의 형체를 가릴 정도로 강렬한 눈보라가 일어났다.

그리고 그렇게 뒤섞인 눈보라 속에서 마누의 대검이 다시 몇 차례 번뜩였다.

"카앙!"

"컹!"

순식간에 야수들의 비명 소리가 설원을 가득 메웠다. 다시 서너 마리의 야수들이 피를 뿌리며 마누의 주변에 너부러졌다. 그러자 더 이상 야수들도 마누를 향해 달려들지 못했다.

그렇게 야수들을 물리친 마누가 살의가 가득한 눈으로 귀령사 적안을 찾았다.

그런데 쇠종을 울려 야수들을 조종하던 적안의 모습이 감쪽같이 사라지고 없었다.

"귀령사! 어디 숨었느냐?"

무령사 마누가 호랑이처럼 외쳤다.

그러자 갑자기 설원 저쪽에서 귀령사 적안의 목소리가 들렸다.

"무령사, 이것이 끝이라고 생각지 말아라. 이건 겨우 시작일 뿐이다. 이제 천통문의 모든 문도들이 너와 네가 데려온 자들을 노릴 것이다. 그리고… 이 계집은 내가 데려가마. 네가 선물한 이 계집이 날 천무귀동으로 안내할 것이다. 하하하!"

귀령사 적안의 외침이 끝나자마자 갑자기 수월의 찢어지는 듯한 목소리가 터져 나왔다.

"화명!"

울부짖는 수월과 십이천문의 고수들이 한순간 망연자실한 표정으로 목소리가 들려온 곳을 향해 시선을 돌렸다.

그러자 저 멀리 화명을 옆구리에 낀 후 야수들 틈에 섞여 설산의 숲 깊은 곳으로 사라지고 있는 귀령사 적안의 모습이 보였다.

모든 사람들이 거대한 눈보라 속에서 벌어진 마누와 야수들의 격돌에 집중하는 사이, 귀령사 적안이 귀신같은 환술로 몸을 빼내 방심한 화명을 납치하여 도주하고 있었던 것이다.

『십이천문』 5권에 계속…

초대형 24시 만화방

신간 100%, 샤워실, 흡연실, 수면실(침대석), 커플석, 세탁기 완비

▪ 광명 광명사거리역점 ▪

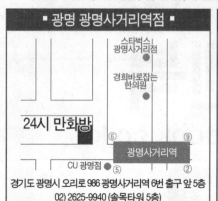

경기도 광명시 오리로 986 광명사거리역 6번 출구 앞 5층
02) 2625-9940 (솔목타워 5층)

▪ 강북 노원역점 ▪

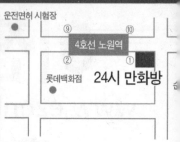

서울 노원구 상계동 340-6 노원역 1번 출구 앞
02) 951-8324 (화용빌딩 3층)

▪ 일산 정발산역점 ▪

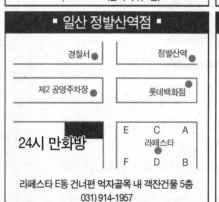

라페스타 E동 건너편 먹자골목 내 객잔건물 5층
031) 914-1957

▪ 일산 화정역점 ▪

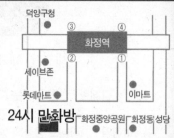

경기도 고양시 덕양구 화정동 984번지 서일빌딩
031) 979-4874 (서일사우나 건물 7층)

▪ 부천 역곡역점 ▪

역곡남부역 기업은행 건물 3층
032) 665-5525

▪ 부평역점 ▪

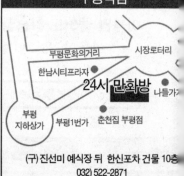

(구)진선미 예식장 뒤 한신포차 건물 10층
032) 522-2871

천마신교
낙양지부

정보석 新무협 판타지 소설

FANTASTIC ORIENTAL HEROES

무협武俠의 무武란 무엇을 뜻하는가?
바로 자신의 협俠을 강제強制하는 힘이다.

자신을 넘어, 타인을 통해, 천하 끝까지 그 힘이 이른다면,
그것이 곧 신神의 경지.

일개 인간이 입신入神하기 위해
필요한 것은 무엇인가?

지금, 그 답을 찾기 위한
피월려의 서사시가 시작된다!

Book Publishing CHUNGEORAM

유행이 아닌 자유추구 —
WWW.chungeoram.com

만학검전 _{종남마검} 편

FANTASTIC ORIENTAL HEROES
한성수 新무협 판타지 소설

천하제일인 운검진인과의 대결을 앞두고 사라진
종남파 사상 최고의 제일고수 이현.

그가 나타난 곳은 학문으로 유명한 숭인학관?!

환골탈태 후 절세의 경지에 도달한
이현의 무림기행기!

기적의 환생

MIRACLE LIFE

박선우 장편소설

FUSION FANTASTIC STORY

"한 사람의 영웅은 국가를 발전시키기도,
타락시키기도 한다."

믿었던 가족들의 배신으로 모든 것을 잃은 최강철.
삶의 의미를 잃은 그는 결국 죽음을 선택하는데……

삶의 끝자락에서 만난 악마 루시퍼!
그와의 거래로 기억을 가진 채 고등학생 시절로 되돌아간다.

다시 얻은 삶.
나는 이전의 비참했던 삶을 뒤로하고 황제가 되어
세상을 질주할 것이다!

Book Publishing CHUNGEORAM

FUSION FANTASTIC STORY

박골 장편소설

내 손끝의 탑스타

그의 손이 닿으면 모두 탑스타가 된다?!

우연히 10년 전으로 회귀한 매니저 김현우.
그리고 그의 눈앞에 나타난 황금빛 스타!

그는 뛰어난 처세술과 냉철한 판단력으로
다사다난한 연예계를 돌파해 나가는데……

돈도, 힘도, 빽도 없지만 우리에겐 능력이 있다!

**김현우와 어울림 엔터테인먼트의
통쾌한 성공기가 지금부터 시작된다!**

Book Publishing CHUNGEORAM

유행이 아닌 자유추구 -
WWW.chungeoram.com